JN175088

ONSEN TENGOKU * ONSEN TENGOKU *

温泉天国

ごきげん文藝

河出書房新社

温泉天国

装丁・デザイン　佐藤亜沙美（サトウサンカイ）
装　　画　死後くん

湯のつかり方

池内紀

冬は温泉にかぎる。名湯といわれるところは名前からしていいものだ。たとえばの話が熱海である。地名からして海辺にもうもうと湯けむりが立ちのぼっている。あるいは別府である。地中にまさしく巨大な熱湯のタンクをかかえたようなところであって、昼となく夜となく無数の蒸気の筋を天高くふき上げている。まさしく「別の府」というものではないか。

あるいは青森の蔦温泉。なぜかすぐに「おつた・ちから」を思い出して、何やら胸にこみ上げてくるものがある。秋田なら、その名もゆかしい乳頭温泉郷。いかにもやさしげだ。事実、無数の乳首が地上にとび出ていて、そこからこんこんと乳に似た湯があふれ出る。

同じことなら、なるたけ早く宿に入ろう。午後の三時なんかがいい。浴衣に着換えてお風呂に直行だ。開店早々のデパートのように準備はきちんと整っているが、ひとけがない。桶がピラミッド型に積み上げてある。そうすると乾きがいいからだが、桶をピラミッドに積み上げるのは人類の知恵である。サルはそんなことはしないだろう。

まっ昼間に大手を振ってハダカになれるのは温泉の特権だ。人がせっせと働いているさなかにハダカになり、かつ湯に浮かんでいる。人の世の営為に反することをしているようで、ちょっぴりやましさがある。そこのところが、またいいのである。露天風呂だと、ときには刺すような冬の風が吹きつけてくる。湯けむりが這(は)うように流れ、湯にさざ波が立っている。さざ波のなかに首だけをつき出している。

湯に入っていると、からだが少し浮きかげんになる。人体というのはおおよそ水分でできていて、比重のちがいで上にあがる。そんなことをお風呂のなかで、もの知り顔に述べる人がきっといるものだ。いつだったか、骨と筋肉の成り立ちまで講釈されて閉口した。

風呂でおしゃべりする人はうるさい。黙っていられないのは心がカラッポだからだ。誰の詩だったか忘れたが、たしかこんな四行だった。

黙っていても
考えているのだ
おれがもの言わぬからといって
壁とまちがえるな

壁とまちがえられても一向にかまわないが、話しかけられれば、まあ、返事は返すことにしている。ひとことですむ。

「ナルホドねえ」

これだけ。何だってこれで間に合う。

せんだってのことだが、並んでせわしなくからだを洗いながら、英語を使っている三人づれがいた。マーケティングがどうとか、カウントダウンとか、エー・エル・システムがどうとか、かわるがわる、しきりに息まいている。鏡に映ったお顔をチラリと見たが、ナルホド、エー・エル・システムみたいな御面相だった。

「ナルホド……ハァ……ナルホド……ナルホドねえ」

湯のなかで、からだが浮きかげんになると、お尻のあたりが不安定である。だから両手をお腹に添えて、両脚をかるく曲げ、背中を丸めかげんにするのがいい。その姿勢は何かと似ていないだろうか？　そう、赤子である。向きはさかさまだが、母胎のなかの胎児は、そんな格好をしている。これからもわかるように、湯のなかの人間は母胎に帰ったようなものなのだ。母胎のなかの赤子は、ペラペラ講釈したりしない。むろん、マーケティングとか、カウントダウンとかに息まいたりもしない。目をつむり、両手を胸にあてて、何やらじっと考えている。

つづいては湯上がりの、あの陶然（とうぜん）とした酔いごこち。温泉のたのしみの一つは、湯から出てからのひとときにある。だからすぐに食事などしないこと。新聞など読まないこと。テレビなどつけないこと。

何を考えているわけではないが、何かしら思いがある。かといってそれが何なのか、当人にもわからない。遠い昔の記憶のようでもあれば、はるかな未来の呼び声のようでもある。母親の胎内にいるとき、胎児もまた、こんなこころもちでいるのではあるまいか。

冬の日は短い。いつのまにか外は薄闇、夜がくると湯脈が元気づくのか、湯けむりが勢いよく昇っていく。白い馬が、たてがみをなびかせて空に駆けていくかのようだ。夕食前にもうひと風呂といきたいが、そんな時刻はこみ合うからイヤだ。石けんの泡がとんでくる。前も洗わずにとびこんでくるのがいる。人のスリッパを勝手にはいていくやつがいる。

露天風呂が一つきりで、すでに女性がお入りの場合はどうするか？　礼儀正しくたのんでわきに入れてもらえばいい。この世は男でなければ女であって、いっしょに湯につかって、なんてこともないのである。あれこれ騒ぎ立てる徒輩（やから）こそあさましい。見るでもなく見ないでもなく、混浴はそんな微妙なところがたのしい。これも人間だけの感性であって、サルはたぶん、そんなふうには感じまい。

時間をずらして夜ふけのお湯。冬空は澄んでいる。どうかすると頭上に満天の星が見える。闇が深いほど星は大きい。気流のせいで、ふくらんだりちぢんだりしながら瞬いている。それを湯のなかから仰いでいる。地球とともに天球の動いているのがよくわかる。何秒かに一度、流れ星がある。湯小屋の前の渓流が地の底にしみるような水音をたてている。耳を澄ましていると、全身が夜空に吸い取られていくような気がするものだ。

枯れ葉がとんできて浮いている。背後の山が黒々とそびえている。昼間とは、まるきりちがった風景だ。何てことのないたたずまいにも威厳がある。枯れ枝がささやいている。いや、枯れ枝がささやくはずがない。風がヒューと吹き抜けて、ささやきのように聞こえるわけだ。温泉にいると、からだや手足だけでなく、視覚や聴覚も洗いきよめられ、おそろしく敏感になっているのがよくわかる。

私はとりわけ明け方の湯が好きだ。まだ暗いころにそっと起きて出かける。浴室の明かりはなくてもいい。窓を開け放つと、冷気と温気が重なり合ったぐあいで、二つの層をつくる。サウナのようにして、二層を出たり入ったりする。大気とお湯にマッサージをしてもらっている。

闇が薄れ、東の空がまず白っぽくなる。ついで黄ばんでくる。それから、ほんの少しピンクがかってくる。つづいては燃えるような赤。フランス人なら「ルージュ・アルダン！」などと叫ぶのではあるまいか。

ふと気がつくと、満天の星が一つのこらず消えている。千両役者は舞台から消えるのがうまいというが、天界の星たちこそ、まさしく千両役者というものだ。

一人でしかめっつらをしていても、べつに怒っているわけではない。咳払い（せきばらい）をしたからといって喉（のど）に何かがつまったのでもない。じっと湯のなかにいるのは退屈だから、顔や喉首に体操をさせているのだ。わざと歯をくいしばってみるのもいい。日ごろ使わない筋肉を動かしてみる。とくに立場上いつも、ものものしく構えているような方におすすめしよう。顔の筋肉は動かさないとこわばり、硬くなり、いずれはコンクリートになる。顔がコンクリートになったら、もうおしまいだ。あとは汚れ、黒ずみ、ヒビ割れるだけ。

湯につかっているのは退屈なものなのだ。そのくせこの世で、そんなふうに退屈しているときほどゼイタクな時間はないのである。そもそもなに不自由なく、大手を振って退屈できるのも温泉の特権であって、なるほど、温泉は特権ずくめだということに思いあたる。アクビが出る。顔の筋肉の総出演だ。思いっきりアクビをしよう。それに一人で退屈しているのは、いわば自分と二人づれ。文字どおりハダカの自分とこっそり遊んでいる。自分が退屈な生きものであることを納得する。

急に何かを思い出しそうになる。それが何なのか、考えてもわからない。それにいまぜひとも思い出さなくてもいいことはたしかである。ところが、またもや急に思い出したりして、それはきまってつまらないことなのだ。

だから図太く、ふてぶてしく、堂々と、退屈している。思えばこんなに退屈しているひとときも、ついぞ久し振り。人間はやはりサルではない。サルときたら、せわしなくノミをとったり、背中を掻いたり、ヘンなところをまさぐったり、やにわに片手ぶら下がりの曲芸をやったりするだろう。と思うと、歯を剝き出し合ってケンカをする。じっと退屈していられない。

とすると、いつもせわしなく、のべつイキり立っている人は、人間よりもサルに近いということになる。そんなことを退屈まぎれに考える。そのうち、またアクビが出る。顎が外れるほどの大アクビ。それが立てつづけに二つ、三つ。

アクビとともに、日ごろのウップンや、うっせきしたものや、腹に据えかねているものがとび出している。アクビをシャボン玉だとすると、ちょうどシャボン玉と同じように、まわりの小世界が薄い球体にくっきりと映っているのではあるまいか。

そんなシャボン玉がアクビとともに口中からとび出していく。二度三度と立てつづけにするときは、小さな玉がつぎつぎとあとを追っていくようなもの。よほどたまったものがあったらしい。虚空にフワフワして、そのうち消えていく。お湯のなかにいると、舞台の手品師のように、口の中からシャボン玉を吐き出せる。

カムイワッカ湯の滝　落下する滝、流れる川すべてが純ナマの温泉

嵐山光三郎

北のさいはての湯である。
入湯料は無料だがカラダを張って湯につかる。知床半島にそそりたつ岩山から流れ落ちる滝がすべて温泉なのである。いっさいの人工物が入っていないまっさら天然純朴の湯である。あるがままの自然形態を守るため、岩山を登る途中に安全設備や脱衣場のたぐいはいっさい作られていない。

たかが温泉だからといって、バカにすると大変なことになるが、みんな、たかが温泉につかるために岩山を這いつくばって登ってくる。ヒイヒイ言って岩山を登り、登りきったところで滝壺の温泉につかって、ニッコリ笑って下りてくる。

こんな酔狂なことは、日本人しかやらない。つくづく、日本人は温泉好きなんだなあ、と嬉しくなる。天然の温泉に力をもらうのである。いたるところから噴煙がたち登っている。

カムイワッカ湯の滝は知床半島のウトロから知床林道を十五キロ北上した硫黄山の中腹にある。硫黄山噴火口の山腹から湧き出た湯が、川となり滝となり岩を這って、最後は断崖からオホーツク海に落ちるのである。岩山に沿って流れる川はすべて湯だから、途中の小さな窪みにつかってもいいのだが、みんな上の滝壺をめざすのだ。

林道の湯の滝登り口で一足五百円でワラジを貸している。ワラジをきつく足にしばりつけて岩場を三十分ほど登ると湯の滝壺に到着する。ワラジ効果で岩場は思ったよりもすべらない。岩場のあいだを流れる川のなかを登るほうがすべりにくい。川は酸性が強い湯で、ちょっとした切り傷でもピリピリとしみる。カラダに切りつけてくる気っぷがいい湯だ。酸性硫黄泉で胃腸病に効き、なめてみるとツーンとした酸が舌を刺激した。

十分も登れば小滝の下に窪みがあって、そこにつかっている客もいる。ぼくと一緒に登ったバイクライダーが、ここへ来る山道で巨大なヒグマに会った、と話してくれた。ここ一帯の原生林はヒグマが数多く棲んでいる。その他の野生動物も多い。空気は澄み、ナマの大自然にぎゅっと抱きしめられる。上の滝壺に到着して、コーフンのあまり滝の真下まで歩いて行ったら、意外に深くてズブズブと沈んでしまった。滝壺の周辺は腰までの深さだが、滝の真下は背が立たない。

かなりのお年寄りも元気よく登ってくるが、九四年の夏は落下した人が四人おり、林道まで救急車がやってきた。湯加減はぬるめで陰影にとんでおり、したたかで、肌に寄りそいつつもキックする。これほど自然そのものの温泉は少ないが、そのかわり命がけなのである。

ぬる川の宿

吉川英治

湯旅といえば、何日も伊豆の伊東へ出かけることにしている私が、ふと思いついて東北路へ出向いたのは、過る年の夏のことであった。

それは東北の湯が、その頃胃弱に悩まされていた私の軀に、特によいからというのではない。唯、何んとなく、異った土地の風物に接したいと思ったのと、東北の天地に漲る詩情といったものに誘われたのだろう。

東北本線で仙台に出た私は、塩釜、松ヶ鼻、女川、石巻、金華山、平泉、奥入瀬と約一ヵ月に近い旅を重ねて蔦温泉に辿り着いた。然し、寛いだ気持で入湯するでもなく、終日、稿債の整理に明暮れていた私は、この湯での想い出は何もない。が、今もって忘れられないのは、この蔦温泉を発って、山紫水明の十和田湖を中断し、滝の沢峠を越して黒石に出、温川に行った時のことである。

ぬる川というのは黒石の奥地にある温泉地帯で、平常あまり人の通らない峠を越さねば行着くことの出来ない広茫の原始地である。私は、昼尚薄暗い、という形容詞その儘（まま）の木下闇（したやみ）の峠路を踏分けて、鼻を衝く木の香、土の香に胸を躍らしながら突進んで行った。

と、遥か彼方に一条の煙霧を繰展（くりの）べたような渓谷が見える。この渓谷がぬる川に流れる甚五兵衛谷（じんごべえだに）である。甚五兵衛谷というのは江戸の昔、道なき径の峠に道をつけ、この地域の開墾に裨益（ひえき）した旅人の名を俗称とした丘裾（おかすそ）の呼名で、ぬる川の景観は此辺から初まる。

私は足を早めて、その谷の辺にと出た。

唯見る、その辺一帯、枝と枝を絡み合せた濃緑の木立が繁って、層をなした奇岩の合間を清冽（せいれつ）なぬる湯が流れている。その絶佳な景色は、こんな山奥に、こんな土地があるかと驚嘆させられるものがある。

私は一見、如何（いか）なる名匠の淡彩画も及ばない四辺の風物に、何かなこの地が懐かしまれてならなかったが、人跡稀な土地である。宿らしいもの——というよりは人家というものが見当らない。目の届く限り、さ霧を降らしたような広漠たる幽翠境（ゆうすいきょう）である。里なき土地の蝙蝠（こうもり）にはなれない。私は谷沿いの小径を拾歩きながら立去難い旅情を味わい続けていた。

と。

いい塩梅（あんばい）に、たった一軒、農を営みながら隠者の生活をしているか、雑木林の蔭に藁葺（わらぶき）の家が見える。近寄って見ると、その農家の入口は「御宿」とした表看板が掛っている。

この曠野に宿――。奇異の感がないではないが、ぬる川の湯治を当込んだ宿と思えば不思議でも何でもない。あるべきが当然といえよう。私は心のうちで（〆たッ）と思いながら、早速に訪うと、鄙には稀な実際こんな奥深い原始地には珍らしい微塵野趣のない若い女の声がして、年頃の美しい娘が慇懃に出迎えたのである。後で知ったのだが、野趣のないのも道理、この娘は、永く東京に住んでいて、戸板裁縫女学校を卒業したインテリである。

　私はこの娘に案内されて、渓流のせせらぎを窓外に聞く一室に落着いたが、間もなくそこへ挨拶に来た主人夫婦に会って、一層の親しみを覚えた。というのは、主人夫婦の人柄である。辺土にこそ居住していたが、一人娘を遠く東京へ勉学にやる程の人物である。純粋の商人でもなければ、所謂凡庸な百姓でもない。素朴な人柄のうちに一種の品性といったものを持った、昔流でいわば帯刀御免の郷士といった風格を多分に備えているのである。四方山の話の末に、

『こんな場所で稼業になりますか？』

　と聞くと、

『左様、稼業にはなりませんが、面白いことがありますので――』

　と、剛直そうな眼許にニンマリとした微笑を含んで答える。

『面白いことというと、変った湯治客でも来るというのですか？』

『はい、脱獄囚が泊り込みに来ますので――』
平然として話す。が、私は『ほう』といって眼を丸くした。脱獄囚といえば命知らずの危険人物である。その脱獄囚が泊りに来るから面白いという。恐怖心などは持っていない。尤(もっと)も近所がある訳でなく、本当の野中の一軒家であるから、脱獄囚だろうが、殺人鬼だろうが、そんなものを恐れてるようでは、人里離れたこの土地で旅籠(はたご)屋などはやって居られるものではない。

私の驚き顔に、地の利からいって、北海道十勝の懲治監を脱走した囚人が、先ず目指すのは此処で、何日(いつ)ぞやも十年の懲役囚が遁(のが)れて来たことを話した。その囚人は一ヵ月程滞在していたが、別に兇暴な振舞をするでもなく、脱獄囚の殆んどがそうであるように、素性を覚られまいとする努力に痩せる思いの日々を送っていた。が、日の経つにつれて安心が行ったか、それとも長居の危険を感じだしたか、或日突然のことに、洋服があれば貸して貰いたいと申出た。何(ど)うするのだというと、送って来る筈の金が来ないから宿銭に困る、知辺(しるべ)へ都合に行くのだが、着たきり雀で動きがつかない、ホンの一日でよいから、とこうである。こんな場合、宿では、相手が何んであろうと、宿泊料を踏倒される上に、行がけの駄賃にされるのは判りきっているのだから、断るのを通例としているが、その時の脱獄囚の眼色は、鄭重(ていちょう)な言葉に反して、凄く殺気立っていたので、それに怯じた訳ではないが万一を慮って応じてやったそうである。すると、ホッと眼色を和らげ救われたような息を吐いて、必ず返しに来るからと、誓うように繰返し出かけたが、何処かで捕ったか、それとも未だに法網に潜っているか、遂に戻って来ないそうである。

こうした危険な客をも相手に、稼業にならないという宿屋業を営み続けている主人は確に一風変った存在で、この地と共に私の興を唆るに十分なものがあった。

こんな宿であるから、勿論平常は滅多に客がない。稀にあれば営林区署の役人位で、私のような都会人は、何年に一人あるか無しというのだから心細いこと夥しい。尤も煙草を求めるのに二里、郵便局へ行くのに四里というのだから、余程の物好きでなければ来ない筈である。が、珍らしいことに、こんな不便な土地にあっても、流石は宿で、電話が引いてある。と思って客がなければあまり必要であるまいと聞くと、自分の方では要らないが警察の方で要るという。それは、今言った脱獄囚の屈強な潜伏場所になるからで、電話は警察の直通線になっているのである。成程と、警察機構の行届いた設備に感心した私は、この宿に泊って十一日目に突如この電話を受けたのである。

時は夕方、月見草仄かに咲く薄闇の河原へ出て、思索の一刻を湯小屋で過して、帰り着いて間もなくのこと、

『吉川先生、お電話で御座います』

と娘である。

『電話？　僕に――？』

畳かけて聞いた。

『はい』

『警察からですか？』

『いえ、雑誌社の方だそうで御座います』

『雑誌社？』

私は不審を打った、未だ家庭にも報らせないこの地の滞泊である。雑誌記者が警察電話を架けて来るなどあり得ることでない、間違いないというのに電話口へ出た。紛れもない博文館の記者である。驚いた。どうして判ったかと尋ねたが、その記者は笑って答えなかった。多分、蔦温泉に行った迄の足跡を頼りに警察へ飛込んだのだろう。

この記者の追撃にあって帰京することにした私は、頻りに名残を惜しむ主人夫婦や娘に別れを告げて、勘定書を持って来させたが、更に驚いたのは意外に安いことである。殊に呆れたのは、殆んど毎晩のように飲んだ晩酌代が〆めて〇十銭と、銚子二本の代価にも当らない小額を書上げていたのには、飛んでもない間違いをしていると思った。注意すると、間違いでないというのも道理、主人が酒を嗜むので私の飲剰した酒を、勿体ないといって毎晩のように飲んでいたから、それを差引いた正味の勘定であるというのだ。

私はそれを聞いて、今時こんな宿屋が他にあるだろうかと、寧ろ気の毒な感にさえ打たれた。で、茶代の外に五円札を出したが、どうしてもとろうとしない。押付けるように無理に置いて外へ出ると、ちゃんと送る仕度をした娘が表に待っていて、私が断るのも介わず、日和下駄をカラコロいわせながら、ダラダラ坂の上り峠路を何処迄も送って来たのである。

こうした人々の親切が、私の脳裏に忘れられないぬる川の印象となって残っている。

湯船のなかの布袋さん

四谷シモン

数年前、種村（季弘）さんと奥さんの薫さんとそれとイザラ書房の今泉さんと僕とで、東北の温泉めぐりをしたことがある。まえまえから、いつかチャンスがあったら、冬の東北、雪の東北に行ってみようと話していたのだ。

だからこの旅が実現したのはとてもうれしかった。それこそ「上野発の夜行列車」とはいかなかったけど、早朝の新幹線に乗り込み、一路北へとむかった。みんなそれぞれに忙しい合間をぬってのスケジュールだったので、たしか、二泊くらいの小旅行だった。

車中、さっそく冷たい缶ビールをあけ、薫さんがつくってきてくれたおかずで、小さな宴会が始まった。盛岡に着くころには、みんないい気分になっていたと思う。種村さんがなにを話したか、はっきりは思い出せないのだけれど、たぶん湯泉の話、自分の行った東北の温泉の話を、いくつか、かいつまんで教えてくれたことが思い出される。

新幹線から在来線に乗り換え、種村さんがすすめる、青森の手前の浅虫（あさむし）温泉で、まず降りた。雪が膝まで積もっていて、歩くのが少しめんどくさかったけど、「ここのお湯は、やっぱり入っていかなきゃ」と、種村さんがいうもんだから、みんなでその温泉の宿のお風呂をもらいに、ただ、お風呂だけをもらいにと、ついていったのだ。

だけどどうしたわけか、なんだかその日は、目的のお風呂がしまっていて、種村さんは、「こんなはずではないのに。おかしいな」と、うろうろしながら、なにかさかんにつぶやいていた。

「宿屋もこの雪じゃきっとお休みしてるんじゃないの、ねえ、タネさん、冬に来たことがあるの」と、奥さんの薫さんが、上目づかいに、問いただしている。

「雪のなかを動きまわってもしょうがないから、次に行こうよ」と、薫さんがいうので、種村さんも、「じゃあしかたがない。次に行こう」とうなずいて、みんなでまた駅にむかって歩いた。

浅虫温泉の駅からは冬の海が見えていた。どんよりとした、灰色の陸奥湾(むつ)が。

駅のホームのベンチに四人ですわって、次の列車が来るのを待っていたが、足が冷えるので、四人とも、膝をがくがくさせ、両手をもみもみしながら、時間を過ごした。

こんなとき種村さんはすごくまめで、列車の時刻表を手にして、「今日の目的地の八戸(はちのへ)には、あとどのくらいで列車が来る」とか、「この温泉での時間が短くなってしまったから、八戸行きの列車が来るまでしばらく待たなきゃならない。また小さな宴会でもやろうか」と、売店であったかいお酒を買ってきてくれる。海を見ながら、みんなでからだを暖めた。

やっと来た列車は、もときた方向を八戸にむかって行く。その日は八戸の港近くの旅館をとって、一泊したのかもしれない。なにかぼんやりとしか思い出せないのだけれど、やっぱり雪が深く積もっていた。

翌日の朝、市場のにぎわいがひけた頃、四人で近くの食堂に行った。階段を少し降りたところにあるその食堂で、あったかなご飯のうえにコブを細く刻んだ、まるで納豆のようなものを食べた。あれはほんとうにおいしかった。みんながズルズルズルズルとかっこむ。種村さんも「こりゃあうまいね」とズルズルかっこむ。八戸の朝食は、なんてったってあのコブ。あれは印象的だった。それから、すいた列車に乗って次の目的地、大鰐（おおわに）温泉に向かった。

大鰐温泉には有名なスキー場があるとかいうことだったが、ひなびた街のつくりは、北の果てという感じだ。「種村さんは、近所から遠方まであっちこっちの温泉に来てるんだな。ほんとうにお湯が好きなんだな」って、大鰐温泉のきびしい熱いお湯につかりながら、色白の布袋（ほてい）さんのような裸の種村さんをみていた。

大鰐温泉には泊まった記憶がない。また列車に乗り、弘前を越え、日本海を見ながら、秋田に行ったのではないだろうか。

秋田に着いたころにはもうだいぶ夜になっていたから、さあ泊まるとこはどこにしようか、こんな時間に予約もなしで泊まるとこなんてあるのだろうかと、薫さんはなんとなく心配気な顔付きで、「タネさん、大丈夫。早くどこかに決めましょうよ」と催促。

種村さん、なんとなく自信ありげで、すたすたと駅のロータリーの反対側に歩き始め、前にも泊まったことがあるのだろうか、こぶりのホテルにみんなを連れていってくれた。もうこれで一安心。あとは、夕食をどこでなにということになり、秋田に来たんだから、土地の酒としょっつる鍋でなきゃと、四人意見が一致。夜の秋田の街に、くりだした。

小さな料理屋さんで、さっそく土地の酒と鍋を囲み、種村さんと、奥さんの薫さんと今泉さんとでワイワイ。「上野を出てから、一泊でもう秋田にいるなんて、ほんとうに夢のようだね」って、なにかそんな話をしながら、その日も終わった。

翌日は晴れわたった日本海を見ながら、山形の鶴岡まで行った。

途中、天気がとてもよかったのだけれど、鶴岡に着くと、もう雪が大降りだ。こんなに降ったんじゃ身動きとれないんじゃないかと思っていたら、種村さん、スタスタとバス停にむかって歩いて行き、バスが出ちゃうから早く来いと、手招きをしている。

乗り遅れたらまずいと思い、みんな足早にバスに乗り込む。

雪深い道を、バスは車体を右に左にと揺らしながら大雪の田舎道を走る。車内のお客は四人だけ。さすがにこんな大雪の日は、土地の人はおもてに出ることがないのだろうと思って、バスの窓から外をみたが、やっぱり人っこひとり歩いていない。どのくらい乗ったのだろう。三、四十分もたった頃、目的地の湯田川温泉に着いた。着くとすぐ、種村さんは、お風呂を管理している店を探しだし、お湯にはいるためのチケットをもってきてくれた。

ここのお湯もめっぽう熱かった。

近所のおじいさんが、数人さきにはいっているだけの、ほんとうに田舎のお風呂っていう感じだ。種村さんは、またまた布袋さんのような体を湯船に沈めて、「次のバスが来るまでだいぶ時間があるから、のんびりゆっくりしようよ」といっては、せっかちに出たりはいったりしている。

布袋さんはたまにごろりと横になり、なにを考えているんだか、湯船に手を入れて、ピチャピチャ掻き回している。いや、きっとなにも考えないで、ぼうっとしているのかもしれない。ただただ、ぼうっとしているという幸せを味わっているのかもしれない。

その日のうちに鶴岡から新潟にでた。新潟に着いたころは夜になっていた。帰りの新幹線まで時間があったから、例によって近くの飲み屋に入った。

考えてみたら、すたこらさっさのせっかち旅行だったけど、種村さんのおかげで、生まれて初めてのところに、来ることができた。

焼酎のお湯割りを飲みながら、「また来たいね、やっぱり冬の東北はいいよ。寒いところは、寒いときに来なきゃ」と誰となくいう。焼鳥を口にほおばりながら、「絶対来よう。時間を工面すりゃ、またいくらでも来れるんだから」と、薫さんも種村さんにせがんでいる。「そうそう、来てみりゃ意外と簡単に来れる。種村さん、また温泉旅行をやろうよ」今泉さんと僕があいづち。

でもあの旅以来、次がまだ実現していない。それぞれにいろんな時や、いろんなことがあったのでそれは仕方がないけれど、できたら種村さんの布袋さんを、もう一度みてみたい。

花巻温泉

高村光太郎

花巻市から、ちょうど宮沢賢治の詩の中に出てくるような、夢の話みたいな可愛らしい電車がトコトコと東西へ分れて走っている。東の方が花巻温泉へいく花巻温泉線でその奥に台温泉があり、西は志戸平、大沢、鉛の各温泉を経て西鉛温泉へ至る鉛線である。

　この東西の温泉群を総称して花巻温泉郷と呼んでいる。この頃の新しい旅行者たちは、花巻駅に降り立つと、たいてい高級車を駆って一目散に目的の温泉へ飛びこんでしまうが、そのひと飛ばしの距離を、花巻へは半時間、鉛へは一時間かけて走っていく軽便鉄道は、いかにもローカル色豊かで旅情をそそられる。

　鉛線の一番はじめにあるのが、温泉プールで名を挙げた志戸平温泉で、現在はオリンピックの水泳選手の合宿所にもなっている。雪が降っても水泳ができるのが売り物で、よく雑誌の口絵などを飾っている。

　次の停車駅は大沢温泉で、豊沢川を挟んで両側に温泉宿が建っている。志戸平より風景も勝れ、人々も純朴で、温泉の質もなかなかいいので、私もよくここの山水閣へ行って泊った。

花巻の駅から一時間かかって、やっとたどりつく四つ目の駅、鉛温泉は、かなり上った山奥の湯で、今はラッセルがあるから心配はないが、私がいた頃は雪が降ると電車が止って厄介だった。

鉛温泉の湯は昔から名湯とされている。非常に大きな湯舟が一軒別棟でできていて、一杯の人が入っている。その様を小高い所から見下せるが、まるで大根が干してあるように人間の像がずらりと並んで、それは壮観である。

たいていの温泉は引湯だが、鉛はじかに湯が湧いている。湯の起りの底の砂利を足でかき廻すとプクプクあぶくが出てきて身体中にくっついてピチンとはねるのも面白いが、大変薬効のある湯といわれている。

昔は男女混浴で、お百姓さんや、土地の娘さんや、都会の客などがみんな一緒に湯を愉しんでいたが、だんだんに警察がうるさくなって、「男女区別しなけりゃいかん」ということで、形式的に羽目を立てた。が、これがまた一層湯を愉しくした。

はじめのうちは男女両方に分れて入っているが、土地の女というのが男以上に逞しくて、湯に入りながら盛んにいいのどをきかせる。と、男の方はこれに合せて音頭をとりだし、しまいに掛け合いで歌をはじめ、片方が歌うと片方が音頭をとるというわけで、羽目をドンドンと叩くからたまらない。羽目がはずれて大騒ぎになる。なんとも言えない愉しさだ。宿もこんな山の中によく建ったと驚くような大きなもので、鉄筋コンクリート建である。

これは私の実行していることだが、山の中の湯へ行く場合、ことにここのような高い場所に部屋のある宿の場合は、必ずロープ位は用意したい。火事の時、ロープがあれば、たやすく難をまぬがれるからだ。

鉛から一里ばかり入った所が終点の西鉛である。ここは川のふちに湧いている自然の湯であって、何とかいう更生寮が一般の宿屋を兼ねて一軒あるだけだ。そういうわけで宿賃も非常に安い。

僕も肺病のあとで十日あまりいたことがある。この更生寮の建築は、明治の初めの頃のものらしいが、大変な建築道楽が建てた家で、文化財に指定したい位のものである。みんなくさびで止めてあったり、湯殿の入口にどさっと渡してある栗の棟木の大きさなんか、まったく驚く。障子にしても桟でいろいろな模様を形取ったりしてある。私も大分スケッチをしてきたが、ともかくこの建物を見るだけでも西鉛へ来た価値は充分にあると思う。

西鉛の奥に豊沢という部落がある。国道は通じているが、人間があまり歩かないので草茫々であり、住民は東京あたりでは考えられないほど純朴で、熊取りの名人がいるのもここである。猟師をマタギというが、頼めば熊の胆(きも)なども持って来てくれる。なにもないから、ついどぶろくなどでたのしんでいる。税務署員がうっかり文句をいおうものなら、寄ってたかって半死半生の目にあわされる。豊沢部落は税務署員の鬼門だという話である。

秋になるとキノコの非常にいいのがでる。ナメコといい、イノタケ、バクロウタケ、スウタケなど深山に行かないとないものである。豊沢にはマタギの中やお百姓にキノコとりの名人がおって、こういったいいキノコを取って来て里へ高く売りに行く。彼等はたとえ親子でもキノコの生えている場所は教えない。ぜったいの秘密にしている。勿論僕らには教えない。案内を頼んでも途中まで行ってつまらないキノコの出るところを教えて「これでお別れしますよ」とどんどん行ってしまう。

花巻線の方は、温泉のグループというのが花巻とその奥の台温泉の二つしかない。

そもそも花巻温泉は、人工的にこしらえた温泉である。――つまり中位の山の集まった山間の土地へ造りだしたものである。

宮沢賢治のお父さんと、当時、岩手殖産銀行の総裁をしていた金田一国士氏ほか五、六人の人が温泉を造ろうというわけで、自然の公園だった今の花巻温泉の土地へ、台温泉から煮立つような湯を管で引いた。花巻は表からみると個々の旅館が競っているように見えるが、そんなわけで、実際は花巻温泉全体が一つの会社になっている。従って個々の旅館同士が共食いをする恐れがない。こういうところが東北人、特に花巻の人の操業にたけたところであり、現在、盛岡を圧倒して全国的に名をあげているのも頷けるのである。

金田一氏は花巻が生んだ偉い実業家の一人で、軽便鉄道を釜石から花巻まで通したり、製氷会社を作って魚の輸送に新風を送ったり、その活躍ぶりはめざましかった。花巻のためにも物心両面にわたって尽力した。が、後に全国的に襲来したパニックのため、(生一本のところがあり時の大臣と反りが合わず、金を廻して貰えなかったため)倒産し、花巻の人々をも窮地に追い込み、非常に恨まれて外国へ行った。晩年は恨まれたまま東京で淋しく歿(ぼっ)したが、金田一氏の花巻への尽力はやはり忘れてはならないものだと思う。近年、氏の詩碑が温泉に建立されたが、その頌詩(しょうし)を私は氏への餞(はなむ)けとして書いた。

花巻温泉で興味深いことは、詩人宮沢賢治が、温泉の設計に関係していることである。賢治は、温泉の話が起る前に、自然の公園だった土地に目をつけて、お父さんにあそこの地面を買っておくとよい、とよく言ったそうである。お父さんはどうも少し投機的だといって一日のばしにのばしている中(うち)に、温泉の話が起り、個人的に買えなくなってしまったそうだが、さすがに賢治の目は鋭い。

彼の手帖を見ると、花巻温泉を美しくするプランが細々と書いてある。たとえば、一年中花をたやさないために、どんな花を植えればよいかとか、桜並木をつくることとか、日比谷公園式にいろいろな模様を花でつくったり、植物園を作って標本的な木を植え、小さな鳥や獣を飼ったり、といった独創的なプランが見られる。

現在、温泉の真中を桜並木の大通りが走って名物になっているし、温泉プールや、動物園、植物園、テニスコート、ゴルフ場まで完備しているが、こうした企画のもとは賢治なのである。

花巻の旅館が全部一本の経営であることは前に述べたが、それにおのずから順位ができている。一番奥にある水雲閣というのが一番大きく、ちょっと高い所にある別館が一番の高級で、皇族だの、大尽様などがお泊りになる。私なども、そこへ入れられてしまうが、さすがに建築は立派である。この下の方に、紅葉館、千秋閣、花盛館ほか二、三軒がある。水雲閣などは堅苦しくていやだというお客さんが利用するようになっている。

また、大通りの両側には温泉つきの貸別荘などもあり、夫婦ものなどがよく入っている。以前は、湯が台温泉からの引湯なので、ぬるいのが欠点だったが、現在はパイプを太くしたので、熱い湯がくるようになった。たいていの宿に三つか四つの湯舟があり、家族風呂も揃っている。

ここの経営は五、六人の重役がやっているのだが、みんな頭がよく、それぞれ特技のある人が集まっている。例えば元岩手県の水泳のナンバーワンだった重役は今でも温泉プールで指導している。柔道も弓道も、その調子でこの花巻で栄えている。

女中などの訓練にも頭を働かせて、年中、講習会などをひらき、土地の古い歴史を教えたり、歌を習わせたりしている。名物の獅子踊りや田植踊りなども、頼めば見せてもらえる。


台温泉は花巻線の終点から一里ばかり奥になる。電車の発着ごとにバスが出ている。狭い所なのだが温泉宿が十軒以上も建ち並び、芸妓屋もうんとある。湯がいいので私もたまに行くが、夜っぴて三味線を、ジャンジャンジャンジャンとやられるのには閉口する。その代り、えらく念入りのサービスだから、東京の人でもまず満足するだろう。熱海（あたみ）でこんなことが流行っているというと、逸早（いちはや）く真似をするという所である。山の懐ろだが、そういう点ではばかに先走っている。

以前、私は草野心平と一緒に台を訪れたことがあるが、隣りでさわぐ、階下じゃ唄う、向うで踊るという次第で一晩中寝られない。そこでこっちも二人で飲み出した。二人の強いのを知って、帳場からお客なんか呑(の)み倒しちまう、という屈強な女中が送り込まれたのに張合った。たちまち何十本と立ちならんだ。まったくいい気になって呑もうものなら、大変なことになるところだ。

しかし、よくしたもので、それだけに宴会などをやれば、それは面白くやれる。一口に言えば、花巻で浮かれて、お泊りは台さ、としけこむところである。

花巻を訪れる時季は、秋もいいし冬にスキーを愉しむのもいいが、やっぱり花の頃がいい。春と夏には団体客がどっとおし寄せるから、これはちょっとずらせた方がいいだろう。名物にはおまんじゅうや、コケシ人形や、パイプなんかのいいものがあったり、土地だけで出来る磁器もある。花巻の土でこしらえた碗などだが、雅味のあるいいものだ。

またキジだの山鳥の料理だの、土地の変てこりんな果物だの、うまいものも多い。宿の料理も、値の割にとてもうまいものがでる。

その上、人間に温泉場らしいこすいところがないのが私は好きだ。水上(みなかみ)へ行っても熱海へ行っても、口はうまいけれど、なんとなく一杯ひっかかりそうで、お世辞のいいほどこっちは警戒しなければという気がする。停車場へ何かとりに来てくれれば、どうもあとで手を出される。そんなことがこの花巻にはない。こっちがのん気に構えていれば、向うものん気で、明けっぱなしで話が出来る。
まったく花巻はいい温泉である。

記憶　9800円×2

角田光代

毎年母親の誕生日に、温泉旅行をプレゼントしていた。とはいえ、私のほうが二日三日と家を空けることができず、たいてい、近場の温泉に一泊である。

旅行でも食事でも、何か特別なことをしよう、という段になると母は突然無力・無意志になる。どこいきたい、と訊いても「どこでも」だし、何食べたい、と訊いても、「なんでも」である。これは単純に、何か調べるのが面倒だからだと思う。それで、この温泉旅行の行き先や宿は、私が独断で決めることになる。

自分で言うのもなんだが私はたいへんに忙しい。三年前もおんなじように忙しかった。雑誌を数種類買ってたんねんに宿を調べたり、旅行会社にいって話を聞いたり、そういうことに割ける時間がない。それでいつも、インターネットで宿捜しをすることになる。

三年前も、私はそうしてインターネットで検索をくりかえしていた。前の年に箱根にいったから、今年は日光にしようとなんとなく決めて、日光の温泉旅館を調べる。日光はなぜか安い宿が多かった。１００００円前後で、前沢牛食べ放題とか、にぎり寿司食べ放題とか、ほんとうかよ、と言いたくなるような宿ばかり出てくる。

そのなかに、一泊９８００円、夕食は豪華松茸コース、という宿があった。私は松茸が好きではなく、どちらかといえば肉が好きなのだが、母は肉が嫌いで松茸好きである。母の誕生日なんだし、これは牛ではなく松茸を選ぶべきだろう、と親孝行の私は考えた。

さて松茸つき９８００円の宿とはいかがなものだろうと、ホームページの「外観・部屋・風呂」欄をクリックしてみると、画面上にあらわれたのは、ずいぶんと立派な建物である。川沿いに建っていて、どの部屋も川に面しているという。風呂も広々して立派である。これで９８００円って、ずいぶんお得なんじゃないか。インターネット上で、早速もうしこんだ。

そうして当日、浅草から急行電車に乗り日光に着き、地図を持って宿に向かった。このようなときも母は無力・無意志である。ちいさな子どものように、きょろきょろしながら黙ってついてくる。地図も見ようとしないし、迷っても正しい方向を捜そうともしない。つまり完全人まかせ。

地図を読めない私は、駅から歩いて徒歩五分もしない宿に着くのにさんざん迷い、やっと捜し当てた。当てたのだが、「えっ」と立ち止まってしまうようなぼろ旅館である。和風旅館ならぼろくてもなんとか風情が出そうなものだが、しかし目の前にそびえているのは、ホテル風旅館。なんちゃって西洋風なところがものがなしさをあおる。

昭和四十年代ってこんなだったよなー、と私は呆然としながら思った。四十二年生まれの私自身のおぼろげな記憶と、それから加山雄三の「若大将シリーズ」の雰囲気を掛け合わせてみると、昭和四十年代は似非和洋折衷、という言葉が一番ぴったりくる。この時代、従来の純和風がださいと見なされ排除され、洋風なものがとにかくかっこいいと受け入れられ、けれど純和風は排除しきれず、ごっちゃになってしまった不思議なセンス。畳にソファとか。和室にカーテンとか。松の木にクリスマス飾りとか。

とにかく、たどり着いた温泉宿はそのような似非和洋折衷型ホテルだった。昭和四十年代には人気があったんだろうことが、見ているだけで感じ取れる。海外旅行がまだ夢の世界で、団体旅行がもてはやされていた時代。不必要に広い（そして今はがらんとしている）駐車場に、団体さんを乗せたバスが次々と入りこんでくる様が、目に浮かぶようであった。

「なんていうか、なつかしい感じ」隣に立ってやはりぽかんとぼろホテルを見上げている母に、私は言った。

「そうね、なんていうか……」母はそのまま絶句した。

内部もたいへんにものがなしかった。すり切れた赤い絨毯、ロビーに並べられた古めかしいソファ、開店閉業状態の土産物屋、ホテル然としているのにスタッフのひとりもいない受付カウンター。呼び鈴を鳴らしてもなかなかスタッフはあらわれず、やっとあらわれた男性はポマードでぴったり髪をなでつけていて、四角いプラスチックのキーホルダーがついた鍵を渡してくれた。

これまた中途半端に年代物のエレベーターで上階に向かい、指定の階でおりると、細長い廊下にずらりとドアが並んでいる。ビジネスホテルか、もっと悪くすれば、悪いことをした人が入れられる宿舎のようである。絨毯にはところどころ煙草の焼け焦げが残っている。

部屋はたしかに川に面していた。窓の下、鬱蒼と木に覆われた細い細い川が、ちょろちょろと流れている。アルミサッシ、磨りガラスの窓で、和室はふつうの和室なのに、なぜかこちらを落ち着かない気分にさせる。仲居さん（茶髪のギャルふう）の入れてくれたお茶を飲み、

「散歩をしよう」

私は提案した。無力・無意志状態の母は、そうねえ、と部屋をぐるぐる見まわしながら答えた。

ものがなしいホテルを出て、母と近隣を散策しはじめたのだが、周囲にはこれといって

見るべきものもない。土産物屋も、神社仏閣の類も、資料館も、美術館も、なーんにもない。国道がまっすぐ続いていて、両側に、さびれた似非和洋折衷ホテルが点々と建っているほかは、ラーメン屋とか、激安靴屋とか、コンビニエンスストアとか、見るべくもない店が点在しているのみ。歩く私たちのわきを、車がびゅんびゅん通り抜け、そのたび土埃が上がる。

「なんだかあそこの宿は立派ねえ」数軒先にある和風旅館を指して母は言った。このあたりから、じょじょに彼女には力と意志が戻ってくる。「こっちの宿もまあまあよねえ。それに比べてさっきのところ……」戻ってこなくていいときに力と意志を取り戻すのが、母親というものである。「こういう宿は、とれなかったの？」

私だってそう思っていた。失敗した、とはっきり自覚していた。ホームページの靄がかかった写真なんか信じるんじゃなかった。捜す手間を惜しむんじゃなかった。この際さっきの宿をキャンセルして、母の指す立派なホテルに飛びこんでみようか。しかし自分で思うのと、人に言われるのとでは雲泥の差がある。どこにいきたいか訊けばどこでもいいだし、宿は全部まかせるわだし、今まで幼子のごとく無力・無意志だったのに、なんで文句言うときばっかり力と意志を取り戻すわけ。と、私はむかつきはじめていた。

しかし車のびゅんびゅん通る国道沿いで喧嘩したって、さらにものがなしいだけだ。

「夜ごはんがきっとおいしいんだよ。松茸コースだし。帰ってお風呂でも入ろうか」

私は陽気に言って、母を連れ国道を引き返しはじめた。

結論から言うと、風呂と食事も最悪であった。風呂は広いは広いが、それだけである。なぜか壁一面深紅のタイル貼りで、カランの上にこうこうとしたライトがついていて、なんだかラブホテルの風呂みたい。しかも、広い湯船には髪の毛が浮いている。食事はといえば、松茸コースであるのに松茸が使われているのは土瓶蒸しとごはんだけで、土瓶蒸しの松茸はなんのにおいもせず、エリンギとまったくかわりがない。ごはんにいたっては、どう見ても松茸とは思えないきのこの切れっ端が混ぜこんであるのみ。松茸は苦手だが、しかしこれはあまりにも……。

失意の底にいる私に、今や意志と力を取り戻し絶好調である母が追い打ちをかける。

「ねえこれ、どう見たって松茸じゃないわよね。それにこの天麩羅べちょべちょよね、それにしてもさっきのお風呂はすごかったね、掃除なんかしてないのかもね、そこの洗面所だって錆が出てるしさあ、なんていうか、全体的に不潔な感じがするのよね」

私だってまったくおんなじことを思っていた。けれど（しつこいようだが）自分で思うのと人に言われるのとは大違いなのだ。私はもはやぶち切れそうであった。文句があるなら自分で宿を捜して予約すればよかったのに、前沢牛がいいところを松茸に譲ってやったのに、忙しいのにインターネット検索して捜したのに、それに安かろうがぼろかろうがこの払いは私なんだからお礼のひとつくらい言えばいいのに！！！

どんよりと暗い食事であった。食事のほとんどを残し、私と母は茶をすすりながら黙ってテレビを眺め、一刻も早く眠る時間がくるのを待っていた。

茶髪ギャル風の仲居さんが、食器を下げにきた。母はもう一度風呂に入りにいっていた。

「おかあさん、お誕生日なんですってね」仲居さんが笑顔で言った。

「えっ」なんで知っているのかとびっくりして私は訊いた。

「さっき、お嬢さんがいらっしゃらないとき、おかあさん、うれしそうにおっしゃってましたよ。毎年お誕生日に温泉につれてきてもらうんだって。ありがたいことだって。親孝行なんですね」

私はぽかんとして料理の残った皿を見た。うれしいという気分と、気に入らないという文句は、どうやら母のなかでは矛盾しないらしい。前者は他人には言えるが娘には言えず、後者は他人には言えないが娘には言えるってわけなのか。まったく母という人種は、三十年以上ともに過ごしても、わからないことが多いものである。

風呂から戻り、母はあいかわらず絶好調で風呂場の汚さを嘆いていたが、私はもうぶち切れたりしなかった。ゆったりと穏やかな気分で、はあはあ、まったくそうでございますね、と相づちを打ち続けた。

ところが私の余裕は、そうそう長くは続かなかった。

翌朝、ぼろ旅館をそうそうにチェックアウトし、私たちは日光江戸村にいった。いろんなショーや出し物が時間差で上映され、「見たい？」と訊くと、母はすべて「見たい」と答えるので、ひとつひとつ、なかに入って見ていった。しかしここでも文句炸裂。「なんだかよくわかんなかったわ」「退屈だったわね」。

挙げ句の果て、お化け屋敷にまで入りたいというのでいっしょに入ったところ、途中で恐怖のためか動けなくなり「もういやだ」としゃがみこむ始末である。「もういやだ、私を置いてあんた先にいって」しゃがみこんだまままそんなことを言う。「だってひとりじゃ出てこられないでしょうよ」「いいの。もうとにかくいやなの。先にいって。私はここにいるから」――まるきり子ども状態である。引きずるようにしてお化け屋敷から母を連れ出した。

陽光の下に出てきて開口一番、「ああもう、なんでこんなところに入ろうなんて言うのよ。ふつうじゃないわ」。

そんな、自分が入りたいって言ったんじゃんか!!　と、私は再度ぶち切れて、本当にさっき置いてきてやればよかった、とすら思うのであった。

　手相見が出ていた。昔風の小屋のなかに、着物姿のおばさんが退屈そうに座っている。「見てもらおう」すべての文句を忘れたように、母は小走りに占い小屋へ向かった。仕方なく私も続いた。

　おばさんは、占ってもらいたいのは私だと勘違いして、私の手を見ようとする。「私です、私」母は俄然張り切って自分のてのひらを押しつけるように差しだしている。おばさんは母の手を見、数分あれこれ言っただけで、私のほうをちらちらと見て、「お嬢さんも占ってあげましょうか」と言う。母はつまらなそうな顔をして、「占ってもらったら」と自分の手を引っこめた。やむなく私は両手を差しだしたのだが、母の占い時間に比べて私のほうがなぜか格段に長い。結婚は……恋愛は……仕事は……と、なかなか終わらない。「三年後、仕事の関係で何か大きな賞をもらう」と占いのおばさんに言われ、私はほくほくして占い小屋を出たのだが、隣で母はむっつりと不機嫌である。

「あの人、おばさんの手相見るより若い人の手相のほうが見たかったんだね」といじいじ言う。

「だって恋愛や結婚なんて、おかあさんのを見たってつまらないじゃないの」

「そりゃそうだけど、あからさまに時間が違うんだもの。あーあ、なんかがっかり」そうして私をぎろりとにらみ「占いの人言ってたじゃないの、結婚するなら今だって。あんたもいいかげん結婚してちょうだいよ」話題変換、小言モードである。お化け屋敷にまた入れたろうか、と本気で思う私であった。

あの宿は、母との旅行のなかで、いやもっと言えばすべての旅行のなかで最悪であった。あれほどものがなしいところに泊まったこともないし、あれほどおいしくないごはんを食べたこともあんまりない。永遠に私のなかで失敗の烙印(らくいん)である。

その後、とくに母親との旅行には、母のためというより私の精神衛生のため、念には念を入れて宿捜しをするようになり、出費が少々いたくても大奮発するようになった。だってぶち切れたくないじゃん、こともあろうに温泉で。

昨年の母の誕生日、温泉にはいけなかった。母は入院していたのである。そうして誕生日の後たった九日間生きただけで、死んでしまった。母と温泉に泊まりにいくことはもう永遠にない。そうなってみると、不思議にもっとも心に残る旅行は、あのものがなしい和洋折衷ホテルであり、松茸の入っていない松茸コースのごはんであり、ぶち切れながら歩いた埃っぽい国道である。図らずも、たのしかった、という感想が浮かぶから人の記憶とは不思議なものである。

ときどき思うことがある。親と子どもはおんなじことなんだな、というようなことである。子どものころ、うちは父がそういうことをなんにもしない人だったので、夏休みのたびに母が家族旅行を計画していた。新聞チラシや広告に頼って宿を捜し、私たちを引率して出かけるのである。子どもは無力・無意志のかたまりである。このバスに乗るよ、と言われれば乗って、この宿に泊まるよ、と言われればそこに向かう。親が迷ったって、きょろきょろしながらついていくだけだ。見知らぬ場所についていて気分が落ち着くと、言いたい放題がはじまる。あれを買えこれを買えにはじまって、どのおかずが食べられないだの、まずいだの、疲れた、眠い、挙げ句の果てはもう帰りたい。

親と子の立場はいつか逆転して、おんなじことをなぞる。かつて母がそうしたように、生活の合間をぬってここぞと思う旅先を捜し宿を捜し、無力・無意志状態になっている親に切符を握らせ正しい座席に案内し、宿へと引率していく。

旅先の私のわがままに、母もたしかに幾度もぶち切れたことだろう（もう置いていくからね、と母に叱（しか）られたことを書きながら思いだした）。だから親を旅行に連れていく子どもも、存分にぶち切れていいのである。役まわりの交代なのだから。

私が自分にとって幸福だと思うことのなかに、それがある。役まわりを交代できたこと。母がしてくれたそのことを、私もすることができ、私に許されていたそのことを、母にも許すことができたこと。みずからのなかで失敗の烙印を押されたあの宿、ひとり９８００円の和洋折衷ホテルに泊まらなければ、私はこの一巡を意識することはなかっただろう。するとあの最悪といっていい一泊旅行が、記憶のなかで不思議な光を放ちはじめる。

川の温泉

柳美里

日本の小説家で最も多く温泉に足を運んだのは、誰だろう。

田山花袋（かたい）は、間違いなく上位にランクインすると思う。花袋の年譜を見ると、「一八九七年四月、国木田独歩と日光に向かい、照尊院に四十日ほど滞在する。八月、信州渋（しぶ）温泉から草津温泉に行き、浅間山を越える旅をする」などとあり、やたらと温泉に行っていることが窺えるからである。

山口のいて湯のさとの春雨の静かなる夜をわかれ行くかな

渡仏前の島崎藤村と過ごした箱根の塔の沢温泉で、田山花袋が詠（よ）んだ歌である。

わたしも温泉で友人との別れの夜を過ごしたことがある。

役者として舞台に立っていた頃、芝居の楽日に父が深紅の薔薇（ばら）の花束を抱えて現れた。その劇団では終演後、役者全員がロビーに並んで観客を見送ることになっていたのである。父はわたしに花束を手渡した後、わたしの耳に口を寄せて、「演技は間だよ。きみには間がない」と囁き、背広のポケットから茶封筒を取り出した。中にはぴん札の十万円が入っていた。

その夜、居酒屋での打ち上げが終わったのは午前三時過ぎだった。店を出て、「お疲れさま」「お疲れ！」と手を振ったりハグしたりしているうちに、いつの間にか独り路上に取り残されていた。タクシーで帰るしかないなと思いながら、シャッターの下りた劇場の前を通り掛かると、S子が階段の隅にうずくまって泣いていた。S子と付き合っていた男優が心変わりして同じ劇団の女優と同棲している、という噂は聞いていた。

わたしは黙ってS子の下の段に腰を落とした。

空が白み、カラスが路上に舞い降りゴミ袋をつつきはじめた頃、わたしはS子を誘った。

「温泉行かない？」

わたしたちは始発で浅草に行き、東武鉄道に乗って鬼怒川温泉へと向かった。

S子は電車の中でも宿に着いても黙ったままだった。浴衣に着替えて内湯に入ってから布団を敷いた。彼女は眠る間際にひと言だけ、「あたし芝居やめるわ」と呟いた。わたしたちは仲居さんに起こされるまで昏々と眠った。

夕食を終え、川沿いにあるという露天風呂に行くことにした。

「ここかなあ……」S子がとても温泉とは思えない川に手を浸し、「あったかい」と浴衣を脱ぎはじめたので、わたしもそれに従った。入って幾分かは温かく感じられた湯も、しばらくするとぬるくて入っていられなくなった。ミズスマシが目の前で旋回している。同じ宿の浴衣を着た人たちがわたしたちを不思議そうに眺めながら川上の方へと歩いて行った。首を伸ばして川上を見ると、ぼうっと明かりがついている。顔を見合わせた途端、「ここ川だよ！」とS子は笑い出した。川上に露天風呂があり、その湯が川に流れていたのだった。川から上がったS子は見違えるように元気になり、呑(の)み、しゃべり、笑った。

東京に帰ると、S子は劇団をやめた。その一ヵ月後にわたしも劇団をやめて、最初の戯曲「水の中の友へ」を書いた。十八歳の時である。あれからS子には一度も会っていない。風の便りが途絶えてから、もう四半世紀が過ぎたのである。でも、時々あの川の温泉を思い出す、中途半端で、滑稽(こっけい)で、未熟だった日々を――。

あの頃のわたしは、クールスプリングの中にいたのだ。

美しき旅について

室生犀星

先月上州の梨木(なしき)温泉へ行った。赤城山の殆んど中腹にあるのでやっと桜が咲いたばかりであった。室(へや)は新築の三階で静かであったけれど、はじめ通された室なぞは、戸障子ががたぴしするばかりでなく、となりの室にいた若者どもが、不快な堪えがたいセリフや巫山(ふざ)戯(け)たうたなぞうたったために、すっかり此処にいる気がしなくなってすぐに発(た)った。東京へかえると梨木館からわざわざ手紙をよこしておかまいしないで済まなかった、紅葉の時には是非来てくれとあった。田舎の人々のよいところもここらにあるが、その鈍感さもここらにあると思った。

大間々町でT君やN君やA女史やに会った。A女史というのはT君やN君なぞと話していると茶をいれたり菓子を出したり、よく気のつく何時もびっくりしたような美しい目を持った若い娘さんであった。此のAさんはばあやと二人きりなので、子供の時からの友達であるTやNが、ときどきそこへ遊びに行って、議論をしたり茶をのんだりするのであった。

その大間々町というのは渡良瀬川の上流に沿った町で桑畑や麦畑を隔ててもう山つづきになっていた。こんな田舎にド氏のものがさかんに読まれていることも不審であった。一人の女性を中心にした美しい此のグループは、ある晩渡良瀬川の懸崖に建った旗亭で、晩飯に私を招んでくれた。桐生の町からH君も車行して来て、楽しいのびのびした会合をした。

旅行ということは非常に楽しいものであるがいろいろ面倒なことが、附随してくるものだ。そのくせ色々な本や紙を持って行ったけれど、一つとして読めなかったしかけもしなかった。

ダンヌンチオが埃及旅行に出かけた時の、その旅行の用意の目録をよんで見て驚いた。左に書いて見る。

シャツ　七十二枚、ネクタイ　百五十本、紫色雨傘　八本、外出手袋　四十八対、絹製襟巻　三、運動靴　十四足、靴下　十二ダース、ハンカチーフ　二十ダース、その

他猟銃　一挺、ピストル　三挺、美麗なる短刀、香水一箱、小犬一疋。と伊太利の新聞が報告している。贅沢な暮しをしている人にちがいはないが、いざ旅行となると少し生活のいい人は、身のまわりのものをすっかり持って行かないと、旅先で不自由することが多い。持って行っても一つとして用にたたないに拘わらず、やはりそうしないでいられないものだ。

前橋で萩原兄を訪ねると今朝はがきが着いたばかりでこんなに早くやって来ようとは、思わなかったと言っていた。鎌倉にいたころよりも少しく肥え、いろも白くなっていた、しゃんとした赤茶の絹の羽織をひっかけて仕事をしていたらしく、机の上はいっぱいに乱れていた。

室は離れになっていて、もう苔が庭のしめりを何時までももっているような、古いよい感じのする庭に向っていた。こんもりと立派な（一字不明）り葉の新芽した鮮緑を中心にして、小さい泉水に緋鯉がしんみり游泳していた。その泉水をへり限った山歯朶は美しい緑の初々しい姿で、こまかい葉かげを水に落したりしていた。

晩の食事にはお母さんも出られて、いろいろな話をした。私はもう四五度も萩原を訪ねるけれど、家族の人々とは話をすることがなかった。なぜかいつも窮屈な感じがするようだったが、会って話していると、すこしもそんな気がしなかった。

食事の酒を終えたころに恩地君から到(とど)いた表紙画の二枚だけは解ったが、あとの一枚の絵はどうしても判らなかった。お母さんのかわりに出られた令妹みね子さんに見せると、やはりわからないらしかった。みね子さんは、私が初めて萩原を訪問したときはまだ小さかったが、もう大きくなって、柔和な美しさと初々しい優しさとにみなぎっていた。たえず微笑して、愉快そうであった。こういう美しい妹さんに兄さん兄さんと言われる萩原は、凡(すべ)てのよい家庭に育ったものの持つ優美な形式によって、いつのまにか心が荒いものから全然離れ切ってしまう事実を、その一面に持っていることも首肯できたのであった。

私の最近の心持から云えば、萩原兄とは全然別途を行く人であった。かれの芸術の持つものの中に、殆んど共感することの出来ない部分や、また別途に考え出したことについても、これからは凡ての理解はその正実と純真とに於て一均しても、その取扱いかたなり、表現の上に峻酷だったり繊美だったりする点からも、必然別々にならなければならないことを物語った。それらの異った二人がいつまでもやはり友情を友情として、そこに凡ての世間を超越していることが嬉しかった。「結婚しても子供が出来てはたまらない」ということに一致した。しかし二人は最後まで結婚ということについて熱を持った。

平和に静かに寝て、翌(あく)る日は伊香保(いかほ)へ行くことにした。幸い谷崎潤一郎氏も居るしする(ママ)から。二人で伊香保へ行くことが永い間の宿題にもなっていた。

街へ出てすこしく散歩した。此の街はどの町もどの町も馴染(なじ)み深くなっていた。行くごとにだんだんよい静かな町になるように思えた。新昇(しんしょう)でビイルをのんで、早くかえって寝た。


朝の食事をすますと二人とも冬服のまま出かけた。みね子さんは、兄さんの萩原と、私とに香水を噴(ふ)った新しい手帕(ハンケチ)を一枚あて贈った。萩原は、香水をかぐと一等の汽車に乗ったようだと云った。二人とも小鳥のように元気で、愉快で、恋しているようであった。

渋川(しぶかわ)から電車は若いみずみずした林から林をくぐったり、それらの林をくぐるたびごとに、新緑の冷気がさっと肌にしみて来たり、また、遠い谷あい近い谷間なぞから、平和でのびのびした鶯の啼くのがきこえて来た。電車の交叉点で、私どもは少時降りて散歩した。強い茎を持った火のようなたんぽぽがそこここの芝草のあたまをぬきん出て、たいへん立派な気がした。というより、そのりんとしたところが、此の弱々しい花を愛させたのであった。

伊香保へつくと、湯の匂いがそこここに漂い、のんびりした気分がすぐさま私どもをますます愉快にした。

石のだんだん。だんだんの両側にいろいろな名物や絵葉書屋がならんで、浪子さんのような病的に蒼い顔をした妙齢の女性なぞが、東京で流行る柄のながい蝙蝠をもって歩いていたり、または旅館の廊下をゆききする女等の姿も見えた。

ちぎらへ上って、赤城山に向った室をきめておいて谷崎さんに刺を通じた。そのまえに萩原が行くことをしらせてあったので、すぐにその室へ行った。一しょに午食をすることになって、私どもは酒までよばれた。酒をやめたと言って谷崎さんは平野水をのんでいた。僕らはいつも酒の座が永いのにも拘わらず谷崎さんはきような白い肉感的な手つきで、ついでくれた。

これから散文詩を書くということなぞも聞いたりした。食後湯本まで散歩した。湯本までの道で谷崎氏はあけび細工のバスケットを買った。僕は大きな鉛筆がほしかった。

晩は私どもの方で谷崎さんを招んだ。暮れかかった赤城山はまるで銅の置物のように、どっしりした尻を落ちつけて、又非常に落ちついて、どこかぼんやりした鈍感な性質の人とでも話している風にも見えた。酒はあいかわらず萩原と私とで、さしつさされつ飲った。食後私はねむくて仕方がなかったので二人が散歩に行こうとするのを辞退して床についた。まわり一寸もあるような伊香保名物の鉛筆を買って来て下さいと頼んでおいた。

いつのまにか二人はかえって来ているのか、静かな話声と葉巻の匂いが、ゆめうつつに私にはきこえた。

目をさますと私はいきなり湯に入りに行った。温泉は滝のように落ち、湯ぶねにあふれ、すばらしい自然の贅沢と恩寵とを感じた。温かい滑らかな湯は限りなく、流れては入りかわっていた。そのなかにひったりつかっていると、自分の頭のなかも絶えず新しいものが入りかわり流れているような、愉快な蒙昧(もうまい)な富んだ気がした。高村さんのかいた「湯ぶねにいっぱい」という詩が今の私の心持の全体によいヒントを与えてくれた。

そこへ谷崎さんが入って来た。ゆうべ鉛筆を売っている店をさがしたけれど、みんなねてしまっていたと気の毒そうに言われた。室へかえると萩原はまだふとんをかぶって、どう疲れたのか起きなかった。起すとうろたえて湯へつかりに行った。

前橋に用事があるというので、谷崎氏と三人づれになって出かけた。谷崎氏は、白のズボンですこし寒いと言っていた。

桃と桜とが咲いたばかりの、そこらに、冬枯れのむさくるしい枯草や枯葉がかさかさして、青く伸びた分の草なぞはそれらの去年の枯れた分を隠しきれないようであった。停留場の売店で私は望んでいた鉛筆を買った。そして二人にこんなものを買う私に同感するか、この鉛筆に同感するかというと二人とも同感しないと言っていた。

前橋で谷崎氏に別れて、僕は着物をきたかったから停車場からトランクをとりよせてひと先ず対岳館へ宿をとった。湯に入りひげをあたって晩は萩原と山崎晴治君と、おりから来合せた奈良君とで、新昇で晩食によばれた。三年前によんだいろ子という妓が来てお酌をした。山崎君はポオとボドレエルの研究者で、重い容貌と長い髪と太い声とをもっていた。

その翌日私はうれしく旅期を終えて東京へかえった。

草津温泉

横尾忠則

ぼくは温泉がニガ手である。その理由は行く度に熱を出して帰ってくるからだ。いわゆる湯あたりというやつらしい。今までも温泉の取材旅行の話はあったが断ってきた。なのにこの連載を引き受けることになったのは、昨年（２００４年）銭湯をテーマにした作品を画廊で発表した時、知人の編集者Mさんが、その個展を見に来てくれて、「銭湯の次は温泉に行って、それを絵にしませんか」と提案してくれたことがきっかけだ。温泉はともかく、絵を描くのなら引き受けてもいいかな、と思った。銭湯の延長に温泉浴というのは理にかなっている。ぼくの場合はいつもこんな風にして絵のテーマが決まっていく。これは実に有り難い願ったりかなったりのお話だ。温泉紀行文に絵を添えるというのが条件であるが、こういう仕事なら楽しい。この紀行文を掲載する媒体は団塊世代を対象にしたフリーペーパーであるとMさんは語った。現役を引退した人が長年の疲れを温泉で洗い流しましょうという意味もあり、そのナビゲーションを兼ねて、夫婦同伴の温泉旅行がスタートすることになったのである。
その第一回に「草津温泉」を選んだのは東京近郊ということと、関東で最も有名な温泉であるという理由からであった。Mさんが決めてくれたのだ。こういう場合ぼくは自分で決めるということは滅多にない。誰かに決めてもらって、それに従がう方が妙なエゴが出ないで楽である。またその方が「導かれる」感覚が味わえるからだ。もしかしたら思わぬ出会いや発見が待っているかも知れない。

草津の位置関係もわからずに旅の人となったが、思ったより近かった。高崎まで新幹線、そこからは在来線で、長野原草津口で下車。タクシーで草津温泉に向った。町に入るなり硫黄の匂いが鼻をついた。町の中心には湯畑（ゆばたけ）というのがあって、その形がひょうたん型をしているが、これが岡本太郎の環境デザインとは知らなかった。温泉に芸術を導入した町がエライ。湯畑の周囲を取り巻く石柵には草津を訪れた一〇〇人の著名人の名前が刻まれている。何しろ神武天皇から岡本太郎までである。自ら日本の歴史に名を連ねたかった太郎さんなら考えそうなことだ。

湯畑の先端には、もうもうと湯煙を上げて落下する人工滝がある。滝壺（たきつぼ）はまるで青空がそのまま投影されたように幻想的な群青色をしていた。この湯畑の滝を眺めていると、上空に草津を彩る著名人たちの顔が浮かび上ってきて、この光景を早速、絵にしたい衝動にかられた。

湯畑の中には沢山の箱が並んでいる。まるでとうふかコンニャクでも作っているのかと一瞬勘違いしそうだが、ここは湯花の採集場なのである。湯畑を取り囲むように周囲には温泉宿やお土産屋が並んでいるが、おやっ？　どこかで見た風景だなと思ったら、チェコのプラハの有名な広場を囲んだ様々の時代の様式建築群とイメージが重ってきた。ここ草津の建築様式はチロル地方の民家を模したスタイルと和風建築が渾然一体となって、まるで舞台の書割のような趣を呈している。

この一角に湯もみを実演している「熱乃湯」という演芸場があって、地元の婦人たちと思われる人たちが細長い板を湯舟の中でこね廻しながら、あの有名な、

♪草津よいとこ　一度はおいで　ハドッコイショ
お湯の中にも　コーリャ　花が　咲くよ　チョイナチョイナ

を歌っている。また舞台では歌に合わせて踊りも披露してくれる。われわれは参加しなかったが、一般客にも湯もみをさせてくれる。

草津の町は起伏が激しく、まるでゴツゴツしたゴジラの背中の上を歩いているようだ。こんなデコボコした土地に旅館がひしめき合って並んでいる。われわれが投宿した大阪屋は老舗の旅館で、芳名録には内外の著名人の名が記されていた。東山魁夷画伯が「一筋の

道」と書かれて署名がしてあった。恐れ多いと思いながらもその隣の頁が白紙になっていたのでそこに、ぼくは自作の主題である「Y字の路」と書いて、東山大先生と並んで同じレイアウトで署名した。知らぬ人が見れば二人が一緒に旅をして、当館に宿泊したと思うに違いない。

さて、宿の温泉の湯にはじっくり入りたいところだが足の指がちぎれるほど熱く、その上、すぐのぼせてしまうぼくは二、三分も入っておれなかった。翌朝は同じ旅館の別の湯所にある洞窟風呂に入った。やはりカラスの行水である。ところが朝食時に奇蹟が起っていることに気づいた。今年（２００５年）一月に肩の帯状疱疹になって入院をし、その後、神経痛の後遺症になって投薬や鍼（はり）治療やマッサージを受けたが、八ヵ月間苦しんでいた。その痛みが昨夜と今朝のたった二回の入浴ですっかり消えていたのだった。信じられますか？　一週間後のこの原稿を書いている時点でさえ痛みがない。

ぼくは何も期待しないまま草津に来た。Mさんの意志に従ったまでだ。一人苦しんでいた病がこのまま治ったとしたら、まさにぼくは草津に導かれたということになる。実は草津にやってきた本当の目的と意味は病の癒しだったのではないかと、そんな風に思えるほど、ぼくにとっては不思議な出来事であった。Mさんが温泉の企画を持って来てくれなかったら、ぼくの神経痛はこのまま持病になってしまうところだったかも知れないと思うと、やはり「導かれた」と思わざるを得ないのだった。
二日目は旅館から歩いて行ける町の西に位置する西の河原公園に行った。賽の河原を連想するこの場所は青森の「恐山」の小型版という感じである。この公園に外国人の像があるのが不思議に思えたが、なんでもドイツ人のベルツ博士という人で、この博士が「世界無比の高原温泉」として草津温泉を世界に紹介したそうである。

帰路、白根山に登ることにした。もちろん車でだ。以前にも登ったことがある。頂上の湯釜の神秘的な光景はあれから何十年も経っているというのに、いまだにぼくの脳内に消えないビジョンとなって鮮明に記憶されている。その忘れられない光景をもう一度見たくなったのである。初めて見る妻は驚嘆の声を何度もあげていた。ここは一体どこなのか。地球外惑星？　それとも死後の世界？　われわれ日本人にとってはむしろ死後の世界に共感するものがあるので、ここを日本人の魂の原風景と見る方がピッタリくる。えぐられたような火口に白を混色したようなエメラルドグリーンの湖が静かに沈黙していた。われわれが山から降りた途端、濃い霧で山は覆われてしまった。実にいいタイミングで湯釜を望むことができた。

山を降りる時、足元に宝石のようなキラキラした紫色のオヤマリンドウの花が小首をかしげてわれわれを見上げていた。

伊香保のろ天風呂

山下清

ぼくは昭和二十六年五月三日に八幡学園をぬけだして、二年あまり日本中を放浪した。これはぼくの放浪では長い方だったかもわからない。このときは非常にゆっくり歩いた。一里あるくと一時間やすみ、一日に三つの駅しか歩かなかった。この夏ぼくは、伊香保や草津の温泉へいってただで入れるろ天風呂へ入って暑いときの汗をながして大変うれしかった。あのころつけた日記に、ぼくはこう書きこんでいる。

この道をまっすぐ行くとただで入れるろ天風呂がありますといわれたので、いわれた通りまっすぐ行くと、だんだん坂をのぼって行くと旅館がたくさんあったので、ただで入れるろ天風呂のあるところがわからないので、よその人にきいて教えてもらってだんだん坂をのぼって行って、しばらく歩いて行くと湯の中であばれている音がしたので、ここがろ天風呂だろうと思っていってみると、大ぜいの人が沢山入っているので、子供でも大人でも女でも皆入っているので、ここは伊香保のろ天風呂でただで入れるんですかといったら、よその人がただで入れますというので、温泉へ入って体を洗ってから少し温泉へ入っているのをみていると、子供たちが温泉のなかへ入ってあばれている。大人たちがおどろいて、よその人が湯の中であばれていると湯がはねかえるといわれても、子供はそのときだけ静かにして少したってからまた湯の中であばれてしまう。しばらくみていると大人でも子供でも温泉のなかへ入って泳いでいるのでおもしろい。伊香保のろ天風呂は外にあって、みなが入るところは池みたいな形をしているので、温泉の色は茶色で土でよごれたような色をしている。ろ天風呂の前には山があって、木や草が沢山はえていて、青々としている。まわりには垣根があって、そこへ腰かけられるようにいすがあって、服をぬぐようにできている。ろ天風呂は静かで気持がいい。ぼくは初めてろ天風呂へ入ったときは、珍らしかった。まさか外に湯場があるとは思わなかった。いすに腰かけていると大ぜいの人が温泉へ入りにくるので、よその人と話をしてみた。温泉と風呂屋の湯とどこが違うんですかといったら、よその人が風呂屋の湯は人がわかすので、温泉の湯は土の中から自然とわいてくるんだ、風呂やの湯と温泉の湯とくらべると、温泉の湯は薬です、体の悪い人や、できものができている人や、その他いろいろの病気のある人がこの温泉へ入るとなおってしまう。温泉のなかへ入ったあとは元気がでてきますといわれたので、どんな病気でも温泉へ入るとなおりますかといったら、よその人がこの温泉は病気によってなおります。生れつきの体質によって温泉へ入って病気がなおる人となおらない人もいるといわれたので、体が疲れたときこの温泉へ入ると元気が出ますかといったら、よその人が温泉へ入ると疲れがなおる人となおらない人もいる。その人の体質だからといわれたので、体の弱い人や心ぞうの弱い人は温泉へ入ると体が強くなったり、心ぞうも強くなりますかといったら、心ぞうの弱い人は温泉へ入るともっと弱くなってしまう、体の弱い人が入るとだんだん丈夫になるとは限らない。その人の体質で一ヵ月入っても丈夫になる人と丈夫にならない人もいる。半年温泉に入っても丈夫にならない人もいる、その人の生れつきの体質だから温泉は薬だと思って一日に何回も入りすぎると、ききすぎてしまって体の弱い人はもっと弱くなってしまう。何でも程度があるんだから一日に一回か二回ぐらい入れば上等だよといわれた。やっと話が終って、よその人がかえってしまった。温泉でおよぐ人が多いので、ぼくも泳いでみるが、少しも上手になりませんでした。

上諏訪・飯田

川本三郎

朝、新宿をたって中央本線で約三時間、昼過ぎに信州上諏訪（かみすわ）に着いた。十一月の末、さすがに空気は冷たく、股引（ももひき）をはいてこなかったことを後悔する。

上諏訪はなんといっても湯の町。湯量は日本でも一、二を争うとかで、駅の洗面所の蛇口からもお湯が出る。町を歩くといたるところから白い湯煙があがっている。通りのすみのドブからも湯気があがっているのはなんとも贅沢（ぜいたく）な眺めだ。

駅前のそば屋で腹ごしらえをし、とりあえずタクシーで諏訪湖に出てみることにした。客待ちの空車がズラリと並んでいるところをみると景気はあまりよくないようだ。この町で生れて育ったという若いタクシーの運転手は「諏訪じゃたいていの家は温泉をもってる」と自慢した。

諏訪湖はオフシーズンで人の姿はまばらだった。湖の上をからっ風が吹いて寒くて仕方がない。湖岸の旅館街も閑散としている。これなら予約なしで、どこでも泊めてくれそうだ。上諏訪は湯の町といっても熱海（あたみ）や伊東とはまるで違う。一歩、旅館街をはずれるともう普通の町だ。城下町だったためか古道具屋が目につく。道路に野沢菜（のざわな）を並べて干している家が多い。なんだか全体にのんびりしている。はじめての町なのでともかくひたすら歩くことにする。

お風呂大好きで、温泉となると湯煙を想像しただけでワクワクしてしまう。つい一ヵ月前も友人のジャズ評論家、青木和富君と二人で伊豆の大滝（おおだる）温泉に行き、滝の下の露天風呂に入ってきたばかり。青木君とは二ヵ月に一回、温泉旅館に行く約束になっている。狭いマンションの風呂（というより洗い場）にばかり入っていると、たまにドーンと大きな風呂に身を沈めて風呂の窓から山や海を眺めたくなる。尾辻克彦の小説が好きなのも、つげ義春のマンガが好きなのも、彼らの主人公がしょっちゅうお風呂や温泉に入っているから。

町をぶらぶら歩いていたら橋のたもとに風呂屋があった。しめたと思ってなかをのぞくとこれが町内会の共同風呂。入口にいたおやじさんに「旅行で来てる者だけど入っていいか」と聞くと、おやじさんは妙な男だという顔をして「風呂に入りたきゃラドン館に行きなよ」という。ラドン館？　何それ？　ゴジラの仲間のラドンとお風呂がなんの関係があるんだろうと思ってよく聞くと――。

怪獣とはなんの関係もなくて化学元素のラドンのこと。ラドン館とはそのラドンの効き目あらたかな温泉だそうである。

おやじさんに教えられてそのラドン館に行ってみると、そこはこの土地の繊維財閥、片倉一族が昭和の初めに建てたという明治風の建物。上諏訪の鹿鳴館と呼ばれるほどの古い由緒あるものだという。そこがラドン温泉の公衆風呂になっている。さすが湯の町。

さっそく入浴料二百五十円也を払ってなかに入った。洋風の建物のせいかフェリーニの『8½』に出てきた湯治場みたいだ。風呂は千人風呂と呼ばれるだけあってちょっとしたプールみたいに大きい。それに深い。ゆうに一メートル以上ある。だからみんな立って入っている。さらに変っているのは、風呂の底に小砂利が敷いてあること。川原の露天風呂に入っているみたいな気分になる。窓からは諏訪湖も見える。たださすがに客は老人ばかりで若いのは私ともう一人、刺青を入れたヤクザらしい男だけ。

ラドン館のそばに湯の町らしく一軒だけストリップ小屋があった。春日部ミキとかブラウン・マキとか大月ゆかりとかそれらしい名前が並んでいる。ただ看板はけばけばしくなく、ちょっと見た目にはとてもストリップ小屋には見えない。

上諏訪の町には映画館が二軒あった。邦画専門の花松館と洋画のシネマレイク。花松館のほうは大正三年に芝居小屋として発足したというから歴史は古い。土台に栗の木を使っているのを自慢している。創業者は大工の花五郎で、その奥さんが松、それで花松館になったという。そうとうくたびれた映画館で切符売り場のおばさんも「嫌な商売だねえ」と元気がない。「あんた映画評論家なら映画会社に『君の名は』みたいな儲かる映画作るようにいってよ」

シネマレイクのほうは上諏訪の歓楽街にあって花松館よりは活気があった。若い支配人は商売に積極的で、東京に事務所がわりにマンションを持っていてしょっちゅう東京に行ってはフィルムを自分で選んでいるという。ちょうど私の行った日は土曜日だったが、地方都市にしては珍しくオールナイトをやっていた。田中裕子の出ている『北斎漫画』と、『白日夢』だったので夜中に宿をぬけ出して見に行った。場内は結構、若い二人連れや中年の二人連れで混んでいたのには驚いた。十八歳未満らしい若者もたくさんいた。

夕方、町をまたぶらぶらしていたら「蝶の館」という新しい喫茶店があった。名前が名前だからきれいどころがそろっているのかとなかに入ったら、文字どおりの蝶の館で壁に蝶のコレクションがたくさん並んでいる。聞けばおやじさんの趣味だという。なかは十人も入ればいっぱいになりそうな小さな店。お客は残念ながら私一人。なんでも開店三日目だそうだ。カウンターにすわってコーヒーを注文しながらおやじさんにいろいろ聞いてみると、今年六十四歳になるというこのおやじさんは銀座の資生堂で二十年洋食のコックをしたあと、故郷の上諏訪に戻って旅館でまた十数年和食の修業、今年ようやく独立してこの店を持ったという。

「いまそこの『白日夢』をやっている映画館に行ってきた」といったら、おやじさんが「ああ谷崎潤一郎のね」と答えたのには驚いた。そういえば『白日夢』の原作は谷崎だったと、そのときはじめて私も思い出した。おやじさんは蝶というのは一匹二匹ではなく一頭二頭と数えるのだとも教えてくれた。

昼間ラドン館で暖まったあと寒風のなかを町じゅう歩きまわったので、鼻水が出はじめた。こうなるとやはりコーヒーよりお酒だ。「蝶の館」を出ると日も落ちてあちこちに赤(あか)提灯(ちょうちん)がともり始めている。野沢菜で熱燗を、美人のお酌でと油紙に縄暖簾(なわのれん)の居酒屋に入ったら、入口のところにベビーベッドがあってそこに赤ん坊が寝ているというなんとも所帯じみた飲み屋だった。若夫婦が二人でやっている。おかみさんはちょっとでも手がすくと赤ん坊のところにいっておしめをかえたりあやしたりしている。地元の人らしい客もみんな「可愛い、可愛い」と言っては育児談義に花が咲く。子どものいない私としてはすっかり悪酔いしてしまった。

翌日、飯田線に揺られて飯田市に行った。ここは七年ほど前、藤田敏八監督、永島敏行、江藤潤主演の『帰らざる日々』という青春映画の舞台になったところ。この映画は地方青年の夢と挫折を描いた傑作で、とくに舞台になっている天竜川(てんりゅう)沿いの町、飯田の風景がよくて、前から一度この町に行きたいと思っていた。

上諏訪から飯田までならせいぜい一時間ちょっとぐらいだろうと軽く考えていたのが失敗して、昼過ぎの汽車に乗ったら着いたのはもう四時。山あいの町はすでに薄暗くなっていて、天竜川の流れるあたりを見下すと夕闇のなかあちこちに焚火の煙が白くたなびいていた。上諏訪で見たのは白い湯煙だったがこの飯田の白い煙は畑で枯葉を焼く煙だろう。

飯田市の映画館は二軒四館（一軒のなかが二つの映画館になっている）。町なかの中央劇場、名画座と町はずれの常盤座第一、第二。町なかのほうは『日本の熱い日々　謀殺・下山事件』という社会派映画（たしか監督の熊井啓は長野県出身だ）と洋ピン（ポルノ洋画）。常盤座のほうは『愛と哀しみのボレロ』と『典子は、今』というこれまた社会派映画をやっている。どれも、あまり見る気がしない。

それで町なかにあった屋上展望風呂つきというビジネスホテルに部屋を取り、さっそくその風呂に入りに行ったが、ラドン館とは比べものにならないくらい貧弱な風呂だった。部屋に戻ってふとテレビを見るとポルノビデオがセットしてある。百円玉六個入れると白川和子主演のポルノが始まったが、三十分に短縮したものでなにがなにやら話がさっぱりわからない。さっきまで大ゲンカしていた男と女がもう次の場面でくんずほぐれつやっている。なんとも珍妙な映画だった。

飯田の町も城下町で、通りはいちおう碁盤の目になっている。銀座もある。リンゴ並木もある。伝馬町もある。江戸町もある。「蘭峰屋（らんぷや）」という喫茶店があったのでなかに入ったら地元の若者たちの溜（たま）り場という感じのはなやいだところ。あちこちカップルが多い。暗い隅っこで若い二人が仲良くやっていて一人旅の身には面白くない。早々に切り上げ、その並びの「カントリー」という西部劇ふうの喫茶店兼飲み屋に入った。こちらはI・W・ハーパーやアーリー・タイムズを並べた大人の雰囲気。若い男の子がひとりカウンターの中で働いている。

　ちくわやかまぼこをゴマ油でいためた焼きおでんや干し肉（なんと馬の干し肉だった）はなかなかの味。カウンターのなかにいたバーテンダーの話だと「ウチはちょっと変わった店だから地元の人より旅の人に喜ばれる」そうだ。思うに、旅に出ると旅行者はどうしてもふるさと幻想があって居酒屋ふう飲み屋に入りたがる。ところがそういう飲み屋に限って地元の客ばかり集まっていて一人旅の者はのけ者にされる。だからそういう旅行者にはこの店のような居酒屋ふうでない飲み屋のほうがいいのだろう。「カントリー」は椅子がすべてカウンターの止り木でテーブルはひとつもない。徹底した個人用飲み屋である。当然のことながらカラオケもなく、喜多郎やグレン・キャンベルの曲が流れているだけだ。こういう店が地方都市にも出来ているというのは面白い現象だと思う。みんなでワイワイ飲むのでなく、一人しんみりと飲む酒飲みがふえているのではあるまいか。

すっかりいい気分になって、そうなるとまた急に寝る前にお風呂に入りたくなりバーテンダーに「このへんにいいお風呂屋ない？」と聞いたら、この男の子は「この町にはそんなもんありませんよ」と冷たい答え。どうやら風呂屋を別な方の風呂と思ったらしい。仕方がないので一軒だけ開いていた雑貨屋で股引を一枚買って暖まることにした。

村の温泉

平林たい子

長い間、故郷を離れている内、温泉というものへの価値評価が高くなって、いろいろなつかしく思い出す。

温泉宿にしか行ったことのない人は、温泉地帯の家が温泉をもっていることを知ると、そんなものかとおどろいている。が、もともと温泉は普通の家のものが多く、諏訪(すわ)に今のように沢山宿屋ができたのは、僅々三十年くらいのものである。私の村は特に、どこを掘っても湯がわき出すので、共同井戸を作って便利に使っている。温度の低いのが難だが、金をかけて、もっと深く掘ればあついのが出ることは、共同浴場の場合非常に熱いのでもわかる。

村の所々に、広い井戸端をつくるには、わき湯を中心にこれも土地で産する鉄平石をまわりに敷けばこれで間に合う。洗濯、炊事の洗い物、何でもここで行われた。

共同浴場は二十四時間湯がわいて流れているので、深夜など非常にきれいである。ねむれぬ老人が、夜ふけに、手づくりの草履でペタペタと歩いて行く音がよくきこえた。浴場は社交場で、柵のこちらの女湯のおばあさんが、男湯まで出かけて、隣の爺さんの背中を流してやっているのなどは、普通な光景だった。一年に一度位は駐在所が来たが、形式だけのものだった。

自家用の井戸は私が東京にくる頃には次第に衰えた。ある年数がたつと、水脈がつきるのか、湯の出がわるくなる。共同湯の数が多くなったので、衰えた家では再び掘るということはしなかった。

この井戸掘りは、都会で水を汲む井戸堀りとあまり変らない。が、昔のことだから、大きい風車のような竹の枠をつくって人がのり、一足ずつ、白ねずみが車を廻すように廻して、その力で尖端についた鉄に地底をつつかせるのである。何メートル掘っても、まだ出ない、まだ出ないと、不安になっているある日、温度のある濁水が出はじめてほっとする。あとは、ひとりでにわき出してくるから世話がいらない。湯脈は諏訪湖の底にも通っていて、あちこちに噴湯がある。この頃では、それもうまくパイプに移して配給しているらしい。

それだけに、わき湯の温度は一定せず、道傍に、おひたしのできるようなあつい湯がわいていた。温度ばかりでなく、質も一定しない。一軒の宿屋で、あちらの室(へや)の湯には色があり、こちらは無色といったことも現在ある。

それに、どこが湯のわく地帯かわかない地帯かの分布が非常に複雑で、百姓などにはわからないから、金をかけてあちこち掘ってから知るのだった。

私のいまの家は一間幅くらいの小川の奥にあるが、その小川が境界で、私の家の地面からは湯が出ない。いくら考えても、昔の灌漑溝（かんがいこう）のあとらしい小川が湯の境界になっているわけがわからない。

しかし、湯は出なくとも、何かの成分の多い水の地帯ではある。田圃（たんぼ）から出た水を貯めた放水路は真赤な鉄錆（てつさび）色で、一般にわく湯そのものも、手拭を染めた色をみると同色であった。

昔は、赤沼という地名になっている真赤な沼もあった。この頃とおってみると、埋め立てて国道沿いだから自動車商売の店になっていたが、その地帯の裏には、あつくて子供などには入れない共同浴場があった。今は温度がさがったにちがいない。

共同浴場のことで書き落したが、浴場は大抵部落経営である。金がいらないので、東京に来てから、入湯に代金のいるのが不自然に思われた。

この湯には番人はなく、他村の人でも、家族単位で年契約をして利用している。しかし、村から嫁入った人などは、金を出さないことが多く、別にとりにくるわけでもない。私の部落では、湯の出ない他村の人の入湯料を積立てて公会堂をたてた。ばかにならぬものである。

中年すぎて、微温湯（ぬるまゆ）に親しむようになってから、温泉をなつかしむ気持は切である。東京に住みはじめた当時、家庭の湯が縁よりも中にあることに不潔を感じて、ながく馴れられなかった。温泉の湯はいつも縁から溢れていることに豊かさがあるのである。

しかし、困ったことには、呑（の）める地下水というものがないのでながい間温泉の湯をわかして呑んだがひどくまずかった。茶碗には紫の渋（しぶ）がついて、いかにも汚らしかった。それに弗素（フッソ）があるとかで、子供の歯に悪いという所から、水道がやっとひかれることになった。

きれいな清水をわかして飲むことがなかった点では、温湯の存在はマイナスだった。一（ひ）と頃は、この地下水が肥料になるというので、どの家でも風車をつけて汲み出して田に注いだ。ところが、稲が大きくなりすぎて秋のあらしには必ず倒れて穂から芽が出ることもあった。

いつか風車が一つもなくなって、田圃の風景は一変した。それに近頃の若い人は温泉のよさなど味わっていないように見える。宿屋でウールの丹前でさわいでいるのは大抵他処からバスでのり込んだお客さんで、土地の者はそんな享楽には興味がないようである。

渋温泉の秋

小川未明

九月の始めであるのに、もはや十月の気候のように感ぜられた日もある。日々に、東京から来た客は帰って、温泉場には、派手な女の姿が見られなくなった。一雨毎に、冷気を増して寂びれるばかりである。

朝早く馬が、向いの宿屋の前に繋がれた。そのうちに三十四五の病身らしい女がはんてんを着て敷蒲団を二枚馬の脊に重ねて、その上に座った。頭には、菅笠を被って前に風呂敷包を乗せている。草津行の女であるということが分った。

三階にいて私は、これから草津に湯治にゆく、この哀れな女の身の上のことなどを空想せられたのである。草津の湯は、皮膚の爛れるように熱い湯であると聞いている。六畳の室には電燈が吊下っていて、下の火鉢に火が熾に起きている。鉄瓶には湯が煮え沸っていた。小さな机兼食卓の上には、鞄の中から、出された外国の小説と旅行案内と新聞が載っている。私は、この室の中で、独り臥たり、起きたり、瞑想に耽ったり、本を読んだりした。朝寒いので、床の中に入っていたけれど、朝起きの癖がついているので眤（じっ）としていられなかった。起きても、羽織すら用意して来なかったので、内湯に行ったのである。広いという程でないけれど、澄み切った礦泉（こうせん）が湯槽（ゆつぼ）に溢れている。足の爪尖（つまさき）まで透き通って見ることが出来る。無限に湧き出ている礦泉は、自然力の不思議ということを思わせる。常に折よく、他に誰も入っていない時が多かった。独り眼を閉じて、何を考えるともなしに淋しい気持を和げようとしている。眼を開くと、窓際に突き出た青い楓の枝が繁っている。硝子（ガラス）窓を透（すか）して、青い影が湯に映っている。五六月頃の春の初めには、この山中にも、うす緑色の色彩は柔かに艶（つやや）かにあるものをと夢幻的の感じに惹き入られた。

昼過ぎになると、日は山を外れて温泉場の屋根を紅く染めた。遠く眺めると彼方の山々も、野も、河原も、一様に赤い午後の日に色どられている。其処（そこ）にも、秋の冷（ひやや）かな気が雲の色に、日の光りに潜んでいた。

前の山には、ぶな、白樺、松の木などがある。小高い山の中程に薬師堂があって鐘の音が聞える。境内（けいだい）には柳や、桜などが植っている。其等の木々の葉が白く、日光に、風のあるたびに裏を返して見せているのも淋しかった。

眼の下にお土産物を売っている店がある。木地細工（ざいく）の盆や、茶たくや、こまや、玩具（おもちゃ）などを並べている。其の隣りには、果物店（くだものみせ）があった。また絵はがきをも売っている。稀に、明日帰るというような人が、木地細工の店に入っているのを見るばかりであるが、果物店には、いかなる日でも人の入っていないことはなかった。別に、眼を娯しますものもないから、欄に倚りかかって、前の二階の客が煙草を喫ったり、話しをしていたり、やはり、つくねんとして此方を見ているのを見る他、眼をどうしても、この二軒の店に落さずにはいられなかった。そのたびに、果物店には、赤い帯が見えて、娘が葡萄や、林檎を買っていたり、また絵はがきを選んでいるのを見て、よくはやる家だと思わぬことはなかった。

四日目である。

真昼の空はからりと晴れて、曇がなかった。日は紅く、河原や、温泉場を照らして山の木々の葉は、ひらひらと笑っていた。この日、この村の天川神社の祭礼で、小さな御輿が廻った。笛の音が冴えて、太鼓の音が聞えた。此方の三階から、遠く、渓の川原を越えて彼方の峠の上の村へと歩いて行く御輿の一列が見られた。――赤い日傘――白い旗――黒い人の一列――山間の村でこういう景色を見ることは、さながら印象主義の画を見るような、明るいうちに哀愁が感じられた。

夕暮方、温泉場の町を歩いていると、夫婦連の西洋人を見た。男は肥えて顔が赤かった。女は痩せて丈が高くて黒い覆面をしていた。この町の小供等は、二人の西洋人の後方についてぞろぞろと歩いていた。斯様に、子供等がうるさくついたら、西洋人も散歩にならぬだろうと思われた。山国の渋（しぶ）温泉には、西洋人はよく来るであろう。けれどそれは盛夏の頃である。こう、日々にさびれて、涼しくなるといずれも帰ってしまう。今は、西洋人はこの二人よりないらしい。それで子供等は、西洋人を物珍らしく思うのであろう。二人の西洋人は、ある宿屋の店に腰をかけて、暮れゆく夜の山を見ながら話し合っていた。

夜、安代（やすしろ）の旅籠（はたご）屋で琵琶歌があるから、聞きに行かぬかと誘われたけれど行かなかった。日が暮れると、按摩（あんま）の笛の音が淋しく聞かれるばかりである。

この頃来たという美しい女の飴売（あめうり）が、二人の子供を連れて太鼓を叩きながら、田中の方から、昼も、夜も、日に二三回は必ずやって来るが、あまり銭をやるものもないと見えて、じきに行ってしまう。銭をもらって歌をうたうて聞かせるのである。按摩の笛の音と、この飴売の太鼓の音をかわるがわる聞きながら、私は、床の中に横わって眼を閉じる。渓川の香（におい）が近く、遠く幽（かす）かに耳について遠いところへ来ているという感じがせられた。

渋には、まだしも物売る店がある。郵便局がある。理髪店がある。その他いろんな店がある。これに較べると上林（かんばやし）は淋しい。宿屋が二三軒あるばかりである。山が裏手に幾重にも迫って、渓の底にも渓がある。点々としている自然、永劫の寂寥（せきりょう）をしみじみ味わうというなら此処に来るもいいが、陰気と、単調に人をして愁殺するものがある。風雨のために壊された大湯、其処にこの山の百姓らしい女が浴している。少し行くと、草原に牡牛が繋がれている。狭い、草原を分けて行くと、もう秋は既に深かった。草の葉が紅く、黄色く色づいているのが見られる。危い崖を踏んで渓川を左手に眺めながら行くと林の下に樵夫の小舎がある。其処から少し行くと、地獄谷というところに出る。常に岩の間から熱湯を沸き上げている。あたりには、白く霧がかかっている。渓川には、湯が湧き出で、白い湯花が漂って、岩に引っかかっているところもある。

崖の上に一軒のみすぼらしい茶屋があった。渋温泉に来た客は、この地獄谷へ来るものはあっても、稀にしか崖を上ってこの茶屋に休むものはなかろう。その少ない客を頼りにこの茶屋は生活しているとしたら不安であると思われた。

都会の中心に生活している人と、斯様寂しい、わびしい生活をつづけている人と、どちらが幸福であるかということは容易に裁断しがたい。

青く、空の冴えた日の朝である。私は、山に入って、琵琶滝と潤満の滝を見に行こうと出かけた。足許の草花は既に咲き乱れていた。而して、虫の音は悲しげに聞かれた。

増富温泉場

井伏鱒二

増富温泉のラヂウム含有量は世界で二番目だということだが、ここは辺鄙だしお湯も冷たいので、出かけて行く人はすくないようだ。場所は山梨県北巨摩郡増富村神戸である。中央線の韮崎からバスに乗って、八巻というところで下車し、そこから歩いて行くのだがこの道がたいへんである。坂みちを二里ばかり歩くか馬に乗るかである。可なり苦しい思いをしなければならない。もう信州との国境に近い。甲武信岳、国師岳、金峰山、瑞牆山、権現岳、八ヶ岳――国境に連なっているこの高山のうち、金峰と瑞牆との間にある渓谷に増富村大字神戸は所在する。すぐ近くに高い山が迫って見えるのは勿論のこと、窓の下の渓流には、釣師といわれている土地の釣専業の男が山女魚を釣っているのが見える。浴室に行くと、近在の娘さんや婆さんたちが骨休めのため、炭焼の成績や馬が仔を産んだことなどについて湯槽のなかで噂している。ようやく湯で温まったお婆さんたちは、今度は流し湯で足のうらの垢を落すが、軽石などは使わないで厚刃の鎌で足のうらを削るのである。

なんという危険な垢磨（あかすり）道具であろう。その道具の名前を教えてくださいとお婆さんに云うと、

「カッチキ鎌でごいす。」

とお婆さんは答える。

女中はだぶだぶの股引（ももひき）みたいなものを着物の上からはいている。何という名前の衣裳かとたずねると、

「お客さん、これはカラサンでごいす。」

という。この女中も近在の娘さんであろうが、気まぐれにこの宿屋に住み込むことになったのだろう。廊下や帳場をうろうろしているばかりで、ちっとも用の足しになりそうもない。彼女はお客が昼寝をしていると、火急の場合のように太い手でお客をゆり起し、

「お客さん、起きつらか。」

そういってお客が目をさますと、

「お湯へ入れしね。」

という。もすこし寝かしてくれと頼んでも、彼女はお客というものは昼寝をしたらお湯にはいるものだと信じて疑わない。

彼女の真骨頂は、お客が宿を発足するときに面目を十分に現わす。庭先までお客の鞄を

持って見送りに立ち、しみじみとお客に云う。

「お客さん、また遊びに来てくれんかね。」

いずれまた来たいと思うが、女中さん、お前も東京に来たら寄ってくれとお世辞をいうと、

「ほんじゃあ、おらあとも行かっか。おめえも、来んけえ。」

と嬉しそうな顔をする。そして彼女はお客にまた逢うこともないだろうが、

「また永日（えいじつ）……」

と別れの挨拶をする。

この宿から一里ばかり離れた部落に、小学校がある。藁（わら）屋根の普通の人家をそのまま校舎にしたもので、二十坪ばかりの庭が運動場になっている。その運動場のまんなかに一本の大きな柿の木が生えている。

児童の数は一年から六年までの総人数、わずかに七人である。三年生が二人、五年生が一人といった工合（ぐあい）に、一つのクラスに三人以上の子供はいない。ひとりぼっちでいるよりも淋しい児童たちは、休憩時間には柿の木にのぼって遊んでいる。

先生は一人いる。新聞は一日後れて着くので、それとの割合からここでは一年三百六十六日に計算されている。視学がこの学校を参観に来たとき、先生はひとり職員室で弁当を

食べていたが、見受けたところ教室にも運動場にも生徒が一人も見つからなかったので、視学は気を悪くして帰ってしまった。しかし七人の子供等が、そのとき柿の木に登って余念なく遊んでいたのに視学は気がつかなかった。

こんな辺鄙な渓谷では、噴き出る泉も新鮮である。ひんやりとして大地の底から湧いて出る。その泉を空腹に一ぱい飲むと胃袋が「ぐう」という音をたて、自分の胃袋が生きているのが感じられる。

美少女

太宰治

　ことしの正月から山梨県、甲府市のまちはずれに小さい家を借り、少しずつ貧しい仕事をすすめてもう、はや半年すぎてしまった。六月にはいると、盆地特有の猛烈の暑熱が、じりじりやって来て、北国育ちの私は、その仮借なき、地の底から湧きかえるような熱気には、仰天した。机の前にだまって坐っていると、急に、しんと世界が暗くなって、たしかに眩暈の徴候である。暑熱のために気が遠くなるなどは、私にとって生れてはじめての経験であった。家内は、からだじゅうのアセモに悩まされていた。甲府市のすぐ近くに、湯村という温泉部落があって、そこのお湯が皮膚病に特効を有する由を聞いたので、家内をして毎日、湯村へ通わせることにした。私たちの借りている家賃六円五拾銭の草庵は、甲府市の西北端、桑畑の中にあり、そこから湯村までは歩いて二十分くらい。（四十九連隊の練兵場を横断して、まっすぐに行くと、もっと早い。十五分くらいのものかも知れない。）家内は、朝ごはんの後片附がすむと、湯道具持って、毎日そこへ通った。家内の話に依れば、その湯村の大衆浴場は、たいへんのんびりして、浴客も農村のじいさんばあさんたちで、皮膚病に特効があるといっても、皮膚病らしい人は、ひとりも無く、家内のからだが一等きたないくらいで、浴室もタイル張で清潔であるし、お湯のぬるいのが欠点であるけれども、みんな三十分も一時間も、しゃがんでお湯にひたったまま、よもやまの世間話を交(かわ)して、とにかく別天地であるから、あなたも、一度おいでなさい、ということであった。早朝、練兵場の草原を踏みわけて行くと、草の香も新鮮で、朝露が足をぬらして冷や冷やして、心が豁然(かつぜん)とひらけ、ひとりで笑い出したくなるくらいである、という家内の話であった。私は暑熱をいい申しわけにして、仕事を怠けていて、退屈していた時であったから、早速(さっそく)行ってみることにした。朝の八時頃、家内に案内させて、出掛けた。たいしたことも無かった。練兵場の草原を踏みわけて歩いてみても、ひとりで笑い出したくなるようなことは無かった。湯村のその大衆浴場の前庭には、かなり大きい石榴(ざくろ)の木が在り、かっと赤い花が、満開であった。甲府には石榴の樹が非常に多い。

浴場は、つい最近新築されたものらしく、よごれが無く、純白のタイルが張られて明るく、日光が充満していて、清楚(せいそ)の感じである。湯槽(ゆぶね)は割に小さく、三坪くらいのものである。浴客が、五人いた。私は湯槽にからだを滑り込ませて、ぬるいのに驚いた。水とそんなにちがわない感じがした。しゃがんで、顎(あご)までからだを沈めて、身動きもできない。寒いのである。ちょっと肩を出すと、ひやと寒い。だまって、死んだようにして、しゃがんでいなければならぬ。とんでもないことになったと私は心細かった。家内は、落ちついてじっとしゃがみ、悟ったような顔して眼をつぶっている。

「ひでえな。身動きもできやしない。」私は小声でぶつぶつ言った。

「でも、」家内は平気で、「三十分くらいこうしていると、汗がたらたら出てまいります。だんだん効いて来るのです。」

「そうかね。」私は、観念した。

けれども、まさか家内のように悟りすまして眼をつぶっていることもできず、膝小僧だいてしゃがんだまま、きょろきょろあたりを見廻した。二組の家族がいる。一組は、六十くらいの白髪の老爺(ろうや)と、どこか垢抜(あかぬ)けした五十くらいの老婆である。品のいい老夫婦である。この在(ざい)の小金持であろう。白髪の老爺は鼻が高く、右手に金の指輪、むかし遊んだ男かも知れない。からだも薄赤く、ふっくりしている。老婆も、あるいは、煙草(たばこ)くらいは意気にふかす女かも知れないと思わせるふしが無いでもないが、問題は、この老夫婦に在るのではない。問題は、別に在るのだ。私と対角線を為す湯槽の隅に、三人ひしとかたまって、しゃがんでいる。七十くらいの老爺、からだが黒くかたまっていて、顔もくしゃくしゃ縮小して奇怪である。同じ年恰好(としかっこう)の老婆、小さく痩せていて胸が鎧扉(よろいど)のようにでこぼこしている。黄色い肌で、乳房がしぼんだ茶袋を思わせて、あわれである。老夫婦とも、人間の感じでない。きょろきょろして、穴にこもった狸のようである。あいだに、孫娘でもあろうか、じいさんばあさんに守護されているみたいに、ひっそりしゃがんでいる。そいつが、素晴らしいのである。きたない貝殻に附着し、そのどすぐろい貝殻に守られている一粒の真珠である。私は、ものを横眼で見ることのできぬたちなので、そのひとを、まっすぐに眺めた。十六、七であろうか。十八、になっているかも知れない。全身が少し青く、けれども決して弱ってはいない。大柄の、ぴっちり張ったからだは、青い桃実を思わせた。お嫁に行けるような、ひとりまえのからだになった時、女は一ばん美しいと志賀直哉の随筆に在ったが、それを読んだとき、志賀氏もずいぶん思い切ったことを言うと冷やりとした。けれども、いま眼のまえに少女の美しい裸体を、まじまじと見て、志賀氏のそんな言葉は、ちっともいやらしいものでは無く、純粋な観賞の対象としても、これは崇高なほど立派なものだと思った。少女は、きつい顔をしていた。一重瞼の三白眼で、眼尻がきりっと上っている。鼻は尋常で、唇は少し厚く、笑うと上唇がきゅっとまくれあがる。野性のものの感じである。髪は、うしろにたばねて、毛は少いほうの様である。ふたりの老人にさしはさまれて、無心らしく、しゃがんでいる。私が永いことそのからだを直視していても、平気である。老夫婦が、たからものにでも触るようにして、背中を撫でたり、肩をとんとん叩いてやったりする。この少女は、どうやら病後のものらしい。けれども、決して痩せてはいない。清潔に皮膚が張り切っていて、女王のようである。老夫婦にからだをまかせて、ときどきひとりで薄く笑っている。白痴的なものをさえ私は感じた。すらと立ちあがったとき、私は思わず眼を見張った。息が、つまるような気がした。素晴らしく大きい少女である。五尺二寸もあるのではないかと思われた。見事なのである。コーヒー茶碗一ぱいになるくらいのゆたかな乳房、なめらかなおなか、ぴちっと固くしまった四肢、ちっとも恥じずに両手をぶらぶらさせて私の眼の前を通る。可愛いすきとおるほど白い小さい手であった。湯槽にはいったまま腕をのばし、水道のカランをひねって、備付けのアルミニウムのコップで水を幾杯も幾杯も飲んだ。

「おお、たくさん飲めや。」老婆は、皺(しわ)の口をほころばせて笑い、うしろから少女を応援するようにして言うのである。「精出して飲まんと、元気にならんじゃ。」すると、もう一組の老夫婦も、そうだ、そうだ、という意味の合槌(あいづち)を打って、みんな笑い出し、だしぬけに指輪の老爺がくるりと私のほうを向いて、

「あんたも、飲まんといかんじゃ。衰弱には、いっとうええ。」と命令するように言ったので、私は瞬時へどもどした。私の胸は貧弱で、肋骨(ろっこつ)が醜く浮いて見えているので、やはり病後のものと思われたにちがいない。老爺のその命令には、大いに面くらったが、けれ

ども、知らぬふりをしているのも失礼のように思われたから、私は、とにかくあいそ笑いを浮べて、それから立ち上った。ひやと寒く、ぶるっと震えた。少女は、私にアルミニウムのコップを、だまって渡した。

「や、ありがとう。」小声で礼を言って、それを受け取り、少女の真似して湯槽にはいったまま腕をのばしカランをひねり、意味もわからずがぶがぶ飲んだ。塩からかった。鉱泉なのであろう。そんなに、たくさん飲むわけにも行かず、三杯やっとのことで飲んで、それから浮かぬ顔してコップをもとの場所にかえして、すぐにしゃがんで肩を沈めた。

「調子がええずら？」指輪は、得意そうに言うのである。私は閉口であった。やはり浮かぬ顔して、

「ええ。」と答えて、ちょっとお辞儀した。

家内は、顔を伏せてくすくす笑っている。私は、それどころでないのである。胸中、戦戦兢兢たるものがあった。私は不幸なことには、気楽に他人と世間話など、どうしてもできないたちなので、もし今から、この老爺に何かと話を仕掛けられたら、どうしようと恐ろしく、いよいよこれは、とんでもないことになったと、少しも早くここを逃げ出したくなって来た。ちらと少女のほうを見ると、少女は落ちついて、以前のとおりに、ふたりの老夫婦のあいだにひっそりしゃがんで、ひたと守られ、顔を仰向にして全然の無表情で

あった。ちっとも私を問題にしていない。私は、あきらめた。ふたたび指輪の老爺に話掛けられぬうちに、私は立ちあがって、

「出よう。いっこうあたたまらない。」と家内に囁き、さっさと湯槽から出て、からだをふいた。

「あたし、もう少し。」家内は、ねばるつもりである。

「そうか。さきに帰るからね。」脱衣場で、そそくさ着物を着ていたら、湯槽のほうでは、なごやかな世間話がはじまった。やはり私が、気取って口を引きしめて、きょろきょろしていると異様のもので、老人たちにも、多少気づまりの思いを懐かせていたらしく、私がいなくなると、みんなその窮屈から解放されて、ほっとした様子で、会話がなだらかに進行している。家内まで、その仲間にはいってアセモの講釈などをはじめた。私は、どうも駄目である。仲間になれない。どうせおれは異様なんだ、とひとりでひがんで、帰りしなに、またちらと少女を見た。やっぱり、ふたりの黒い老人のからだに、守られて、たからもののように美事に光って、じっとしている。

あの少女は、よかった。いいものを見た、とこっそり胸の秘密の箱の中に隠して置いた。

七月、暑熱は極点に達した。畳が、かっかっと熱いので、寝ても坐っても居られない。よっぽど、山の温泉にでも避難しようかと思ったが、八月には私たち東京近郊に移転する

筈(はず)になっているし、そのために少しお金を残して置かなければならないのだから、温泉などへ行く余分のお金が、どうしても都合つかないのである。私は気が狂いそうになった。髪を思い切って短く刈ったら、少しは頭も涼しくなり、はっきりして来るかも知れぬと思い、散髪屋に駆けつけた。行きあたりばったり、どこの散髪屋でも、空(す)いているようなところだったら少しは汚い店でもかまわないと、二、三軒覗(のぞ)いて歩いたが、どこも満員の様子である。横丁の銭湯屋の向いに、小さな店が一軒あって、そこを覗いてみたら、やはり客がいるような様子だったので、引き返しかけたら、主人が窓から首を出して、

「すぐ出来ますよ。散髪でしょう？」と私の意向を、うまく言い当てた。

私は苦笑して、その散髪屋のドアを押して中へはいった。私自身では気がつかなかったけれど、よその人から見ると、ずいぶんぼうぼうと髪が伸びて、見苦しく、それだから散髪屋の主人も、私の意向をちゃんと見抜いてしまったのだ、それにちがいない、と私は流石(さすが)に恥ずかしく思ったのである。

主人は、四十くらいで丸坊主である。太いロイド眼鏡をかけて、唇がとがり、ひょうきんな顔をしていた。十七、八の弟子がひとりいて、これは蒼黒(あおぐろ)く痩せこけていた。散髪所と、うすいカアテンをへだて、洋風の応接間があり、二三人の人の話声が聞えて、私はその人たちをお客と見誤ったのである。

椅子に腰をおろすと、裾から煽風機が涼しい風を送ってよこして、私はほっと救われた。植木鉢や、金魚鉢が、要所要所に置かれて、小ざっぱりした散髪屋である。暑いときには、散髪に限ると思った。

「うんと、うしろを短く刈り上げて下さい。」口の重い私には、それだけ言うのも精一ぱいであった。そう言って鏡を見ると、私の顔はものものしく、異様に緊張してぎゅっと口を引きしめて気取っていた。不幸な宿命にちがいない。散髪屋に来てまで、こんなに気取らなければいけないのかと、われながら情なく思った。なお鏡を見つめていると、ちらと鏡の奥に花が写った。青い簡単服着て、窓のすぐ傍の椅子に腰かけている少女の姿である。そこに少女の坐っているのを、そのときはじめて知ったわけである。私は、けれどもあまり問題にしなかった。女弟子かな？ 娘かな？ ちらとそう思っただけで、それ以上、注意して見なかった。しばらくして、少女が、私の背後から首筋のばして、私の鏡の顔をちょいちょい見ていることに気附いた。二度も、三度も鏡の中で視線が逢った。私は振り向きたいのを我慢しながら、見たような顔だと思っていた。私が、背後のその少女の顔に注意しはじめたら、少女のほうでは、それで満足したようなふうで、こんどは、ちっとも私のほうを見なかった。自信たっぷりで、窓縁に頬杖ついて、往来のほうを見ていた。猫と女は、だまって居れば名を呼ぶし、近寄って行けば逃げ去る、とか。この少女も、もはや無意識にその特性を体得していやがる、といまいましく思っているうちに、少女は傍のテエブルから、もの憂げに牛乳の瓶を取りあげ、瓶のままで静かに飲みほした。はっと気附いた。病身。あれだ、あの素晴らしいからだの病後の少女だ。ああ、わかりました。その牛乳で、やっとわかりました。顔より乳房のほうを知っているので、失礼しました、と私は少女に挨拶したく思った。いまは青い簡単服に包まれているが、私はこの少女の素晴らしい肉体、隅の隅まで知ってる。そう思うと、うれしかった。少女を、肉親のようにさえ思われた。

私は不覚にも、鏡の中で少女に笑いかけてしまった。少女は、少しも笑わず、それを見て、すらと立って、カアテンのかげの応接間のほうへゆっくり歩いて行った。なんの表情もなかった。私は再び白痴を感じた。けれども私は満足だった。ひとり可愛い知り合いが、できたと思った。おそらくは、あの少女のこれが父親であろう主人に、ざくざく髪を刈らせて、私は涼しく、大へん愉快であったという、それだけの悪徳物語である。

浅草観音温泉

武田百合子

浅草観音温泉の二階の窓ぎわに、立派ではない松の盆栽が二鉢置いてあるのが見える。もう少しで落ちてきそうだ。その並びの硝子(ガラス)窓を開けて、マッサージ嬢らしい人が首すじをのばして五重塔の方の中空を睨(にら)み、すぐ閉めた。三階か四階から、おそろしく下手な男の節の演歌が聞えてくる。女の節の歌も聞えてくる。

『娯楽と憩の霊泉。当温泉は天然温泉です。良質は重曹泉ですから、よく温まり漂白作用もあります』

看板を見ていると、ビロードのような黒いソフトに黒い外套、紳士然とした身ごしらえの老人が擦(す)り寄ってきた。

「本当の温泉よ。東京はどこ掘ったって温泉出るのよ。ただね、うんと深く掘らなきゃなんないからやんないだけ。ここ三十五周年記念だいぶん前にやったの。むかしは底が見えないくらい、お湯が茶色かったの。そうねえ。十五年ばかり前の地震でどうかしたのね、色が少し薄くなったみたいよ」

いやに彫りが深くて色白の、元美貌、そのため却って、お金のなさそうな人にみえる老紳士は、役者のような声でそうしゃべると、観音様の方へ歩いて行った。脚がわるいらしい。片方の肢が義足らしい。

入浴料五百円。一度入ってみたいと思いながら、入りそびれていた。

「大人二枚。すいてますか」

「すいてますよ」

「三階の演芸場では、どんなもの演ってますか」

「みなさんがお互いに演りっこするんですよ」

『貸タオル百五十円。百円戻ります。但し靴など拭いたりして汚すと戻りません』『泥酔者、極端に不潔な方の入場お断りいたします』このような貼紙がしてあるからには、貸タオルで靴を拭く人と泥酔者と極端に不潔な人も、入りたくなって、きているのだ。極端に不潔と、普通程度に不潔との境い目は、どういう風にきめるのだろう。受付の人がきめるのだろうか。

緑色がかった古い蛍光灯が何本か灯る脱衣場には、天井からプロペラ型の旧式な大扇風機が吊下っている。鍵のこわれていないロッカーを探して、その前で、しゃがんだり立ち上ったり足踏みしたりして裸になりながら、「知らない町のお湯屋に入るのは緊張する」と、Hがくすくす笑う。

天井の高い流し場の壁二面を、たっぷり四角にぶち抜いて、明りとりの硝子ブロックが嵌め込んである。昼間の外光が、そこから穏やかに射し込んでいる。カランにとりついて、十二、三人ばかりが静かに背中や手足を動かしている。半円形の湯舟に飴色のお湯がさらさら溢れ、堂々たる貫禄の肥満体のおばさんが二人、手を泳がせながら、そろそろと飴色のお湯に浸かり、顎まで浸かると、二人ともにお相撲さんのような苦しげな声で、ああいい気持、生きてるって気がするねえ、まっと近かったらいいのにねえ、と肯き合う。話の様子では千葉の方から来たらしい。

「このあと三階の演芸場にも行ってみたいけど、順番で何か歌えっていわれたら、どうする?」

じっと、お湯に浸かったまま考えていたHは、

「このさい、歌っちゃう」という。私もお湯に浸かったまま、ひろびろとしてきた気持の中で、よし、そうなったら美空ひばりの『花笠道中』にしよう、と決める。

お湯から上ればば眠くなってくる。飴色のお湯が効いたのだろうか、眠くなってきた。便所の戸が開いて、黄ばんだ丸裸のおばさんが出てくると同時に、のけぞるほどに強烈な、

アンモニア系統の臭いの一陣の風が板の間に吹きこみ、戸が閉まると忽ち薄れた。ガムテープで裂けた箇所を修繕した子供用木馬によりかかって、風呂敷包から引張り出した真紅の布を二度振るい、ゆっくりと腰にまきつける老婆は、一休みして、また風呂敷包から真紅の布を引張り出して振るう。今度は襦袢で、左右の腕を通す。表の犬の咳みたいな声が遠くに聞える。あの犬、温泉のはす向いの食堂の前につながれて寝そべっていた大きな犬だ。今夜はよく眠れそう。演芸場はまたにして、天丼でも食べて帰ろう。

大黒家の方角へと歩いて行く途中で、どのあたりだったか、大きな建物（劇場かもしれない）の中から、突然、大量のおばさんたちが溢れ出てきた。ほとんどが毛皮襟付き外套の腕に膨らんだ手提を抱えて、通りの幅いっぱいにひろがり、なおもあとからあとから溢れ出てくるおばさんに押され押されて、夕方の残光の下を、しゃべり声の黒いかたまりとなって、此方へ行進してきた。

大黒家は満員。置き場がないから、皆、外套を着たまま、手袋と襟巻だけ脱いで食べている。かき揚げ一枚と海老二本の天丼をとる。

浅草へきても、お腹が大黒家の天丼を食べたい空き具合になっていなかったり、丁度そのような空き具合となっているときには、大黒家の表までお客が列をなして待っていたりして、めでたく入れたことが、いままでない。

去年の十月の末だった。夕御飯に大黒家の天丼を食べ、それから左へ歩いて行って左へ曲って、六区の常盤座にかかっている『ビニールの城』を観る、——その日は家を出るときから、頭とお腹にそう言いきかせておいたのだ。そして、運よく待たずに大黒家の椅子に腰かけることが出来、海老四本の天丼をとった。

斜めに蓋が浮いて、海老の赤い尻尾がはみ出た丼が運ばれ、熱い蓋を取り、箸をぱっきり割って海老をはさんでとり上げた。大黒家の天丼の海老は、ただの海老ではない。一本がしんなりと重いのだ。嬉しくなって一口かじる。かじった一口をのみ込みもしないうちに、本当にどうしたことだろう、たらたらと鼻血が出てきた。Hは、自分のと合せて海老八本と御飯二人前を食べたあと、伝法院通りを常盤座まで、そりくり返った姿勢で歩き、ときどき、「苦しい」と呟(つぶや)いたり、胃をさすって、「吐きそうだ。でも勿体ないから吐かない」などと、うわごとのように言ったりしているうちに、口をきかなくなり、笑わなくなった。私は、常盤座でも鼻血が止まらなかったら、まわりの見物客に嫌われる、そうかといって帰るのは勿体ない、とそのことばかり気になっていた。しかし、『ビニールの城』がはじまり、二幕目になると、芝居は断然面白くなり、主役の石橋蓮司が長セリフの名セリフをしゃべりながら、水泳帽をかぶり、水中眼がねをかけ、水槽のふちにとびのり、そこで中腰となった恰好(こういう恰好が石橋蓮司は得意だ)で、またまた長セリフの名セリフをしゃべり、水槽にとびこむ場面では、もう鼻血のことなどはすっかり忘れていた。

——

丼から顔をあげて、涙が出てくるくらいのおいしさだ、とHが言う。やっぱり飴色のお湯が効いたのだ。少し遊んでから東京の温泉へ入って何か食べて帰る、——この遊び方、知らなかった。表へ出たら、中天に月まで出てくれていた。

温泉雑記（抄）

岡本綺堂

次に記すのは、ほんとうの怪談らしい話である。

安政三年の初夏である。江戸番町の御厩谷（おんまやだに）に屋敷を持っている二百石の旗本根津民次郎は箱根へ湯治に行った。根津はその前年十月二日の夜、本所の知人の屋敷を訪問している際に、かのおそろしい大地震に出逢って、幸いに一命に別条はなかったが、左の脊（せ）から右の腰へかけて打撲傷を負った。

その当時は差したることでもないように思っていたが、翌年の春になっても痛みが本当に去らない。それが打身のようになって、暑さ寒さに祟（たた）られては困るというので、支配頭の許可を得て、箱根の温泉で一ヵ月ばかり療養することになったのである。旗本といっても小身（しょうしん）であるから、伊助という仲間（ちゅうげん）ひとりを連れて出た。

道中は別に変ったこともなく、根津の主従は箱根の湯本、塔の沢を通り過ぎて、山の中のある温泉宿に草鞋（わらじ）をぬいだ。その宿の名はわかっているが、今も引きつづいて立派に営業を継続しているから、ここには秘しておく。

　宿は大きい家で、ほかにも五、六組の逗留客があった。根津は身体に痛み所があるので下座敷の一間を借りていた。着いて四日目の晩である。入梅に近いこの頃の空は曇り勝で、きょうも宵から小雨が降っていた。夜も四つ（午後十時）に近くなって、根津もそろそろ寝床に這入ろうかと思っていると、何か奥の方がさわがしいので、伊助に様子を見せに遣ると、やがて彼は帰って来て、こんなことを報告した。

「便所に化物が出たそうです。」

「化物が出た……」と、根津は笑った。「どんな物が出た。」

「その姿は見えないのですが……。」

「一体どうしたというのだ。」

　その頃の宿屋には二階の便所はないので、逗留客はみな下の奥の便所へ行くことになっている。今夜も二階の女の客がその便所へ通って、そとから第一の便所の戸を開けようとしたが開かない。さらに第二の便所の戸を開けようとしたが、これも開かない。そればかりでなく、うちからは戸をこつこつと軽く叩いて、うちには人がいると知らせるのである。そこで、しばらく待っているうちに、他の客も二、三人来あわせた。いつまで待っても出て来ないので、その一人が待ちかねて戸を開けようとすると、やはり開かない。前とおなじように、うちからは戸を軽く叩くのである。しかも二つの便所とも同様であるので、人々もすこしく不思議を感じて来た。

かまわないから開けてみろというので、男二、三人が協力して無理に第一の戸をこじ開けると、内には誰もいなかった。第二の戸をあけた結果も同様であった。その騒ぎを聞きつけて、他の客もあつまって来た。宿の者も出て来た。

「なにぶん山の中でございますから、折々にこんなことがございます。」

宿の者はこういっただけで、その以上の説明を加えなかった。伊助の報告もそれで終った。

それ以来、逗留客は奥の客便所へゆくことを嫌って、宿の者の便所へ通うことにしたが、根津は血気盛りといい、かつは武士という身分の手前、自分だけは相変らず奥の便所へ通っていると、それから二日目の晩にまたもやその戸が開かなくなった。

「畜生、おぼえていろ。」

根津は自分の座敷から脇差を持ち出して再び便所へ行った。戸の板越しに突き透してやろうと思ったのである。彼は片手に脇差をぬき持って、片手で戸を引きあけると、第一の戸も第二の戸も仔細なしにするりと開いた。

「畜生、弱い奴だ」と、根津は笑った。

根津が箱根における化物話は、それからそれへと伝わった。本人も自慢らしく吹聴していたので、友達らは皆その話を知っていた。

それから十二年の後である。明治元年の七月、越後の長岡城が西軍のために攻め落された時、根津も江戸を脱走して城方に加わっていた。落城の前日、彼は一緒に脱走して来た友達に語った。

「ゆうべは不思議な夢をみたよ。君たちも知っている通り、大地震の翌年に僕は箱根へ湯治に行って宿屋で怪しいことに出逢ったが、ゆうべはそれと同じ夢をみた。場所も同じく、すべてがその通りであったが、ただ変っているのは――僕が思い切ってその便所の戸をあけると、中には人間の首が転がっていた。首は一つで、男の首であった。」

「その首はどんな顔をしていた」と、友達のひとりが訊いた。

根津はだまって答えなかった。その翌日、彼は城外で戦死した。

昔はめったになかったように聞いているが、温泉場に近年流行するのは心中沙汰である。とりわけて、東京近傍の温泉場は交通便利の関係から、ここに二人の死場所を択ぶのが多くなった。旅館の迷惑はいうに及ばず、警察もその取締りに苦心しているようであるが、容易にそれを予防し得ないらしい。

心中もその宿を出て、近所の海岸から入水するか、山や森へ入り込んで劇薬自殺を企てるたぐいは、旅館に迷惑をあたえる程度も比較的に軽いが、自分たちの座敷を最後の舞台に使用されると、旅館は少からぬ迷惑を蒙ることになる。

地名も旅館の名もしばらく秘しておくが、わたしがかつてある温泉旅館に投宿した時、すこし書き物をするのであるから、なるべく静かな座敷を貸してくれというと、二階の奥まった座敷へ案内され、となりへは当分お客を入れないはずであるから、ここは確かに閑静であるという。なるほどそれは好都合であると喜んでいると、三、四日の後、町の挽き地物屋へ買物に立寄った時、偶然にあることを聞き出した。一月ほど以前、わたしの旅館には若い男女の劇薬心中があって、それは二階の何番の座敷であるということがわかった。

その何番はわたしの隣室で、当分お客を入れないといったのも無理はない。そこは幽霊（?）に貸切りになっているらしい。宿へ帰ると、私はすぐに隣座敷をのぞきに行った。夏のことであるが、人のいない座敷の障子は閉めてある。その障子をあけて窺ったが、別に眼につくような異状もなかった。

その日もやがて夜となって、夏の温泉場も大抵寝鎮まった午後十二時頃になると、隣の座敷で女の軽い咳の声がきこえる。もちろん、気のせいだとは思いながらも、私は起きてのぞきに行った。何事もないのを見さだめて帰って来ると、やがてまたその咳の声がきこえる。どうも気になるので、また行ってみた。三度目には座敷のまん中へ通って、暗い所にしばらく坐っていたが、やはり何事もなかった。

わたしが隣座敷へ夜中に再三出入したことを、どうしてか宿の者に覚られたらしい。その翌日は座敷の畳換えをするという口実の下に、わたしはここと全く没交渉の下座敷へ移されてしまった。何か詰まらないことをいい触らされては困ると思ったのであろう。しかし女中たちは私にむかって何にもいわなかった。私もいわなかった。

これは私の若い時のことである。それから三、四年の後に、「金色夜叉」の塩原温泉の件（くだり）が『読売新聞』紙上に掲げられた。それを読みながら、私はかんがえた。私がもし一ヵ月以前にかの旅館に投宿して、間貫一（はざまかんいち）とおなじように、隣座敷の心中の相談をぬすみ聴いたとしたらば、私はどんな処置を取ったであろうか。貫一のように何千円の金を無雑作に投げ出す力がないとすれば、所詮は宿の者に密告して、一先ず彼らの命をつなぐというような月並の手段を取るのほかはあるまい。貫一のような金持でなければ、ああいう立派な解決は附けられそうもない。

「金色夜叉」はやはり小説であると、わたしは思った。

硫黄泉

斎藤茂太

わが家の精神科病院の創始者である祖父が箱根強羅（ごうら）に山荘をつくったのは関東大震災の前年、大正十一年のことである。私は小学一年生だった。

ご承知のように強羅の温泉は硫黄泉である。手拭いはあかく染まり、銀時計や銀貨などの銀製品は黒く変色した。入浴後しばらく身体から硫黄の臭いがただよった。そんなわけで私にとっての温泉はすなわち硫黄泉だった。

昭和三年に祖父が死んだ。祖父は熱海（あたみ）の福島屋という旅館が好きで、とくにそこの蒸し風呂が風邪にきくといって、一寸（ちょっと）風邪気味でもすぐ熱海に出かけた。その年の十一月に祖父はその旅館の一室で誰にもみとられず淋しくこの世を去った。祖父の遺体は自動車で東京まで運ばれた。中学一年の私は母と共にその車に同乗した。私は福島屋に祖父を訪ねて何日かを過ごしたこともあるから、熱海は私にとってある感慨があるのである。

昭和十八年に私が女房と知り合い、夏休みに私の弟や妹たちと寝食を共にしてもらったのは箱根強羅の山荘である。皆で箱根一周にでかけたが、もう戦争が激しくなり、まだ明るいというのに元箱根からのバスが運休になって、強羅まで歩いて帰ったのもなつかしい思い出だ。おまけに女房の下駄が割れてしまい、私が彼女を助け助けて歩いたのも今にしてみればあるいは神の思し召しであったかも知れぬ。そして私達はその年の秋十月に結婚した。すでに米をバッグに入れて持ち歩く時代が来ていたから、新婚旅行の行動半径は静岡県の興津が限度だった。帰途熱海に泊まったことは言うまでもない。そして三ヵ月後に私は軍服を着た。

祖父のあとをついで院長になった父茂吉がとくに強羅の山荘を利用するようになったのは昭和十年頃からである。毎年七月初旬から九月初旬まで滞在した。父が強羅を愛した理由の一つは、父が幼い頃、なれ親しんだ蔵王の温泉が強羅と同じ硫黄泉であったからかも知れない。自律神経過敏の体質だったから入湯のあとなかなか汗がひかず、浴室への渡り廊下に裸で坐り、頭にぬれ手拭いをのせて、明星岳の背後から上る月を長い間眺めていた姿はついこないだのことのようである。父の箱根行きは昭和十九年で終わり、翌二十年、父は東京の戦火を逃れて山形県に疎開した。敗戦後、父が箱根に行ったのは昭和二十三、四年の二年だけで体調が衰えた昭和二十五年からは再び登山することはなかった。

私が青山の自宅と病院が空襲で全焼した知らせを受けたのは山梨県下部温泉に於てであ

った。私の所属していた千葉県の国府台陸軍病院が下部の旅館を借り上げて転地療養所にしたのに派遣されていたのだ。信玄の隠し湯として有名なそのぬるい湯は精神の安定にもいいとされたからだ。

私の幼い頃、わが家の病院に「持続浴室」というのがあった。ぬるい湯の中に患者を長時間ねかせておくのだ。祖父が留学先のドイツで行われていたDauerbädを導入したのである。

その持続浴を昔から実践していたのが宮城県の定義温泉だ。私も先年入りに行ったが「一日十時間以上入湯のこと」と「湯守」の掲示が出ていた。

敗戦後食うや食わずの時代が来て、強羅の別荘が続々と身売りして行ったが、祖父の血が通い、父が箱根吟詠千二百首の歌を作り、「柿本人麿」はじめ数々の歌論を書いた山荘を何とか手離さず、維持するために私も人には言われぬ苦労をした。私が初めて強羅で「親しんだ」女房の手助けも大きな功績だったと思う。

その山荘も遂に耐用年数が尽きて取りこわし、新しく建て直したのは昭和三十八年のことだ。

私もたまにしか強羅に行けないが、強羅行きのあと何日か身体に硫黄の臭いがしみこんでいる。その臭いは祖父や父や私の幼い頃を思い出させてくれる。私にとって六十四年にわたる硫黄泉とのつき合いである。

丹沢の鉱泉　　つげ義春

現在の生活にいいかげん観念してしまえばいいものを、私は往生際の悪い人間か、今度はまた「鉱泉宿を始めようかしら」と滅相なことを考えだした。

熱い湯の温泉は、好景気のため温泉ブームで、湯の権利を買うことなど不可能だし、それにブームですっかりイメージが変り、ふやけてしまって魅力がないが、鉱泉のほうは、湯量が少く沸し湯で、燃料の節約で湯船も小さく、何かとケチ臭くコマコマしていて、宿屋もたいてい田舎じみた一軒宿か、せいぜい二、三軒の小ぢんまりした所が多く、中には地図や案内書にも載っていない地元の人しか知らない、農業の片手間にやっているような不景気な宿屋もあったりして、およそブームにはなりそうにないマイナーの味がある。マイナーの味のするものは、時代の代替りに消えていく例で、貧乏臭い鉱泉など、経営者が老齢、病気、死亡などするとあとを継ぐ者もいないようで、廃業するのが少くない。

で、今住んでいる住宅を処分すれば（といっても団地の小さな部屋だが）辺鄙（へんぴ）な場所ならなんとか買うことはできるのではないか。辺鄙な所だと客もあまり来ないだろうが、最低食っていければいいのでヒマなはうがいいわけで……。とこんな風に考えたのだった。

私は自分の好きなことは趣味にとどめているだけでは物足りず、何でも商売にしたくなる性分で、旅が好きだから「旅屋」を考えてみたり、さんぽが好きなので「さんぽ家」になろうと思ったりエスカレートするのだが、「旅屋」も「さんぽ家」も収入にはならない。だが、鉱泉なら現実味がある。

鉱泉業のことは以前にもちょっと考えたことがあって、山梨県上野原の鶴（つる）鉱泉、金子（かねこ）鉱泉、仲山（なかやま）鉱泉に目をつけたりしていたことがあった。金子と仲山は電話が通じなくて、役場に尋ねると、詳しいことは分らない、休業か廃業をしたのだろうと云われ、鉱泉はたいてい婆さんがやっているので亡くなったのかなと思った。もう一軒の鶴鉱泉は電話をすると、台風で屋根を吹きとばされ、家の回りも土砂に埋り手がつけられない、金もないしもう再開する見通しはない、とやはり婆さんの声で云われた。それからぐずぐずしていて二年ほどが過ぎて鶴鉱泉を訪ねてみると再開していた。おそろしくボロ宿なのに満員で泊れなかった。丁度ハイキングブームが始まり、鉱泉の先にハイキングコースの大地（おおち）峠があり、ハイカーの泊りが増えたようで、廃業に到らなかったらしい。金子と仲山のほうは様子を見に行ってないがどうなったろうか。

私は日々の感情に動かされすぐ気が変ったりするので、鉱泉のことはそれきりになっていたが、最近また復活したのだった。復活のきっかけは、近場に小旅行をしようと思い、神奈川の丹沢の地図を見ていたら、裏面に丹沢山麓に点在する鉱泉宿の案内があって、半原の塩川鉱泉は現在休業中になっていた。丹沢では塩川と別所鉱泉の鄙びているらしいのは以前から知っていたので、二つのうちどちらかに泊ろうと予定をしていたのだが、塩川の休業中というのが気になった。「滝の家」という一軒宿で経営者の名前は女性名になっている。もしかしてやはりお婆さんで老齢のためではないかと推測して、休業中なら電話も通じないと思って役場に問合わせてみた。すると一年ほど前から休業していたが、最近経営者が替って再開したのだと教えられた。経営者が替ったと聞いて、丹沢は場所として悪くないし、距離的にもつい近所といえるので、そんな近くに鉱泉の廃業があったのを知らずにいたのは、掘出し物を逃がしたようで悔しくて、冷めていた気持ちが急に蘇ったのだった。

しかし、それにしても、塩川のような寂れた所を一体誰が買ったのか、いくらくらいしたのか、もう替ってしまったのなら仕方がないが、気になるので、後学のため実地見聞してみようと丹沢へ出かけてみた。

小田急線の本厚木に下車して、宮ケ瀬行きのバスに乗った。塩川へ行くには方角の違う半原行きに乗るのだが、もう一つ鄙びた別所鉱泉を先に見て行こうと思って宮ヶ瀬行きに乗ったのだった。二十分もするともう目の前に丹沢山塊が迫っていた。バスの乗客は、別所より少し手前の飯山鉱泉で皆下車した。飯山は宿屋も五、六軒あるとかで鄙びてはいない。バスは山の腰を回り、飯山から十分ほどで、飯山のひと山裏側に位置する別所に着いた。

　バスを降りると、山峡の宮ヶ瀬へ続く街道に面して酒屋と食品店が二軒並んでいた。街道の片側は崖の下に小鮎川が流れているが、樹木に覆われて見えない。街道に面して人家は六、七軒しかなく淋しい。二軒の店屋の間に細い路地があり、その奥へ百メートルほど行くと山にぶつかり袋小路のように行き止って、二十戸ほどの集落があった。大都会の厚木に近いから集落は田舎じみてはいない。その人家より一段下った沢の底に、元湯旅館と渓間屋の二軒がくっつくように並んでいる。沢といっても幅は一メートルほどで水は澄んでいるが、ただのドブ川を見るようで風情も何もない。人家に囲まれて景色はまことにつまらない。元湯旅館のほうは改築してきれいだが、渓間屋はまったくの田舎宿。道から一段下っているので、二階の窓を通して客間が見え、畳が傾いている。反対側の窓の方に回ると、沢をはさんで竹藪が宿に覆いかぶさり蜘蛛の巣だらけ。斜め向いに墓場。やりきれないほど侘しい。近くに飯山鉱泉、七沢鉱泉があるから、こんな侘しい所に泊る者はいないのではないか。しかし、暗くて惨めで貧乏たらしさに惹かれる私は、穴場を発見したようで嬉しくなった。屈託したときはここへ来て、太い溜息でもつくには格好の所である。自分が宿屋業をするときは、こういう感じでやりたいと思った。

塩川鉱泉へ行く予定を変えてこっちに泊りたくなったが、今日は休みだと云われた。車で引越しのような大きな荷物が運びこまれたりしていて、何かとりこみ中のようだった。

別所から塩川へ行くには、仏果山、経ヶ岳の尾根を越えなくてはならない。バスで行くには駅の方へ引返し迂回する。またはずっと山中の宮ヶ瀬の方から回る方法しかない。宮ヶ瀬まで行けば、有名な中津渓谷を見ながら塩川へ行けるので、私は宮ヶ瀬行きのバスに乗った。バスは坂を登りずんずん山の中へ入って行く。山峡の宮ヶ瀬には鄙びた山村でもあるかと期待をしていた。私は鉱泉業とはまた別に、山ごもりでもして孤独に暮らそうかと、ひねくれた考えもしているので、丹沢の奥もついでに見ておきたいと思っていた。バスは三十分で終点に着いた。

そこは気の遠くなるような深い渓谷を見おろす高台で、新しいペンションや丸太作りのレストラン、喫茶店などがハデハデに並んで、オートバイが数百台、若者でごった返していた。私は呆然とした。

「あの、ここが宮ヶ瀬ですか？　村はないんですか」とバスの運転手に尋ねると、

「ダム工事が始まって村は立退きさせられたんですよ、この辺もみんな数年先にはダム湖になるんですよ」と運転手は云った。

「じゃあ、こんな山奥のこの賑やかな店屋はなんなんですか！」

「ダム湖になれば、ここが丁度展望台になるんで、これからもっともっと発展しますよう」

と、運転手は得意そうで、ここから塩川鉱泉の方へ行く中津渓谷沿いの道は、工事のため通行止めになっているという。こんな所に一刻もいたくないので、私は折返し発車するバスで元の道を引返した。

日が暮れてまた別所で下車した。暗くなって、これから駅の方へ回って塩川へ行くと、予約もしてないので、もし泊れなかった場合は難儀をする。といって別所の元湯旅館では物足りないので、近くの七沢鉱泉に行ってみるつもりだった。しかし、食品店で七沢への道を尋ねると、四、五キロはある。バスはないので夜道を行くのは無理だといわれ、しかたなく飯山へ行った。

飯山鉱泉は、行基菩薩（ぎょうきぼさつ）の開創と伝えられる古刹（こさつ）、飯山観音の門前にある。五、六軒の宿屋は離れ離れにあるので、暗くて宿定めに手間どり、まったくなんということもないつまらぬ宿屋に泊ってしまった。鉱泉なんか出ていたかどうか怪しい宿で、値切ったのに一万円もとられ、頭にきて、頭にきたまま翌日は観音様に参拝した。

塩川鉱泉へは、遠回りがどうも面白くないので、尾根の低くなる尻尾の方で尾根越えしようと思い、及川(おいかわ)という所まで歩き、そこからなだらかな丘のように低くなった尾根を越えた。のんびり歩くのは好きだが、途中の道はダンプの疾走する退屈な道で、さんざん歩いて、急がば回るべきだったかとがっくり疲れた。新宿(にいじゅく)という所へ出て、そこでラーメンを食べた。その向いに小さな古本屋があり、覗(のぞ)いたりして、知らない町で店屋に入ったりするとき、私は旅情を感じる。

新宿から半原行きのバスに乗ると二十分ほどで半僧坊(はんそうぼう)前で下車した。本厚木駅からなら三十五分かかる。半僧坊前で中津川にぶつかり、鉱泉は橋の手前を左に折れ、川沿いの道を一キロほど歩く。人家のないダンプ専用道路のような殺風景な道が続き、登りにさしかかる手前で川原に下ると、細い沢が中津川にそそいでいる。その沢に沿って奥の方へ四百メートルほど入ると、塩川鉱泉はあるのだが、広々した川原は無数のカラスが舞い不気味な声をあげている。ゴミが散乱して荒涼としている。名勝中津渓谷はもっと上流で、この辺りは対岸へ歩いて渡れるほど浅い。川原の一角に新築の明るい洋風の宿屋があった。宿の周囲を〝猪料理〟と染めた旗がとり囲み、おそろしく通俗的。そこから沢の方に百メートルほど入るとまた新築の宿屋があった。たしか滝の家が一軒きりのはずなのに、こんな殺風景な所に二軒も宿屋が誕生して不審に眺めた。

沢は二軒めの宿屋から先は、山の割れ目のように急に狭い谷間になり、さらに百メートルほど奥へ行くと、崖の棚に目的の滝の家があった。みすぼらしい宿で、暗い谷間に挟まれているせいか、別所の渓間屋よりもっと寂れた感じで、私は感激でドキドキした。しかし人の気配はない。声をかけても返事がない。玄関もその横の縁側も鍵がかかっていた。縁側の外にバイクがあり、丸いテーブルと椅子が据えてあり、その上に灰皿がある。休業中とは思えないので、ちょっと留守なのかもしれない。私は椅子に掛けしばらく休んでいたが、そうしていても仕方がないので、宿から先の沢の上流の方へ行ってみた。上流には滝がある。

幅二メートルほど、水深十センチもない惨めな沢に沿って行くと、谷間はさらに細く暗くなり、空は晴れているのに陽も射さない。百メートルほど行くと沢のヘリに小屋があった。ここも滝の家の別棟のようで、ガラス戸から中を覗くと、大きなソファーや家具が雑然と置いてある。自分がこの宿の主人だったら、ここを書斎か別荘にしたら素敵だろうと思った。小屋の中からゴムホースが出て、沢に向かって勢いよく水が噴出している。小屋の中に源泉でも湧いているのか、屋根には昔ながらのH型の煙突があるので、ここで鉱泉を温めているのだろうか。

小屋からさらに百メートルほど行くと、方丈くらいの小さなお堂があった。昔この谷間で良弁僧正（りょうべんそうじょう）が修行をしていたという、その縁（ゆか）りの堂だろうか。すぐそばに崩れかかった廃屋が草に埋もれていた。ここまで来るととても人は住めそうにないのに、誰か住んでいたのだろうか。ここで生活をするには近くに店屋もない。自給の畑作りするスペースもない。陽も射さず健康に悪い。よほど自分に絶望し、自分を棄てる覚悟でなくては住めないのではないかと見て思った。

じめじめぬかるんだ道を草を分けて尚も百メートルほど行くと、沢は行き詰って滝が落ちていた。落差十五メートルほど、水量も細い。三方を切り立つ岩壁に囲まれて滝は少し横にひっこんで見えにくい。そのためかなり高い位置に赤い小さな橋が架けられ滝を見物するよう工夫がしてあるが、そうまでして見るほどの滝ではない。しかし、この盲腸の奥のような、暗い袋小路に佇（たたず）んでいると、なんともいい表しようのない不思議な感銘を覚える。あまりに陰々滅々として参ってしまうせいだろうか。自然の景色でこんな陰気は見たことがない。まったく救いがない。身も心も泥のように重くなる。

——善人なおもて往生をとぐ
　いわんや悪人をや——

唐突に親鸞（しんらん）のことばが浮かんだりして、ここで坊さんが修行をしていたというのが分ったような気がした。

宿の前に戻ってまた一服して、感激をかみしめたあと引返すと、新築したばかりの宿屋からオカミさんが外へ出ていたので声をかけてみた。滝の家を買取った人はどんな人か訊（き）くと、停年退職したようなオジさんで、家族は東京にいて、オジさん一人で宿をやっていると教えてくれた。「この辺は店屋もないので、時どきバイクで食料など仕入れに行ってますけどネ」と云った。一人で気ままにやれるということは、たいして忙しくないのだろう。私の考えていた案と同じようなことをしているわけで、どんな人物なのかそのオジさんにすごく興味を覚えた。いくらで買取ったのか気になって、

「この辺の土地は高いんですかねえ」

と訊くと、この辺は調整区域で安いらしいけど、家を新築することはできないと云った。二軒も新しい宿屋ができたのは、宮ヶ瀬ダム工事で立退きした者が、その補償にこの土地を貰ったので特別なのだと、そんな事情も話してくれた。けれど、ヒマで困っていると云った。

一般の行楽客にとっては、暗い谷間とちっぽけな滝、中津川の川原は殺風景で、これほ

どつまらぬ所はないだろうが、私はここが、とくに滝やお堂がすっかり気に入った。鉱泉業のことはともかくとして、こんな絶望的な場所があるのを発見したのは、なんだか救われるような気がした。

熱海秘湯群漫遊記

種村季弘

湯殿の外壁が川に向かって垂直に切り立っている。下は雨で水かさをました川である。どよもすような川音が湯につかった身体のなかを通りぬけてゆく。川音にはらわたを洗われている、という気分である。いつしか、緑に覆（おお）われた渓流のわきにひっそりと湧いた湯壺（ゆつぼ）にひたっているような錯覚にとらわれている。

といって人知れぬ山奥の秘湯といった類（たぐい）などではない。

ここは熱海（あたみ）である。上宿新宿（かみしゆくしんしゆく）湯。つまりは熱海上宿町の住民の共同浴場なのだ。湯の下の糸川にそってものの百歩も下ればニューフジヤ・ホテルの巨体が空をかくし、その先は糸川べりの繁華街に続いている。浴室そのものも、しっとりと古びてはいるがやや小づくりの銭湯といった造作で、何の変哲もない。それにしても熱海市内の真只中に界隈の人びとにしか知られていない湯が湧いていて、それを観光客たちが素通りしてゆくのである。情報社会の隠し湯くらいのことをいってみても罰は当たらないのではあるまいか。

お隣りの湯河原(ゆがわら)町に住むようになってから四年目になる。その間にボチボチ熱海をあるきはじめた。湯河原にもむろん手頃な共同浴場はいくつかある。しかし私のすまいは地名は湯河原でも、鉄道便はどちらかといえば真鶴(まなづる)駅の方が近い。出かける手間からすれば、熱海も湯河原もそう変わりはない。そこで共同浴場コレクションはいきおい熱海市内に及び、どうかすると伊東や箱根七湯にまでも手がのびるのである。

やみつきのきっかけは、熱海そだちの写真家羽永光利氏に和田町の山田湯を教えられたことにある。山田湯は熱海の西を限る和田川の川べりに、人体でいえばちょうど子宮のように奥まった感じの袋小路のなかに隠されている。熱海駅前から下ってくる大通りからここへ通じる道を一口にいうのは難しい。ホテル金城館前の路地を抜けて和田川の対岸に渡る。その先の路地を曲がると何でもない二階屋があって、これが山田湯である。

午前八時から十一時までの朝湯があるので、私は朝湯を利用することが多い。東京で夜ふかしをした翌朝などは早朝列車で熱海まで直行して、ここでふつかよいをさますのである。午後は三時半に再開する。その時刻にゆくと、まだ開かない入口前の庭に椅子を持ち出して、待ちくたびれた浴客らしいお婆さんがうとうとうたた寝をしたりしている。

湯殿は小さな庭をへだてて川に面している。窓を開けるとここでも、和田川の川音がざあざあなだれこんでくる。川の対岸の民家の物干し場の上では老眼鏡をかけた人がのんびりと新聞を読んでいる。

これとは別に藤沢湯のことは、テレビのアンテナをとりつけにきた真鶴の電気工事屋さんに聞いた。黒木さんという七十歳くらいの好々爺(こうこうや)である。若い頃はにぎり飯持参でよく仲間と遊びにいったというのである。この人の若い頃といえば戦前になる。丹那トンネル開通は昭和九年だから、東海道本線が小田原、三島を結んだ直後の時代のことかもしれない。


熱海駅正面を出ると真向かいに「熱海駅前温泉」の大看板がみえる。これはだれでも知っている。しかし当の駅前温泉から国道を徒歩三分ほど下った藤沢入口にある藤沢温泉を知る人は意外にすくない。熱海総合食品市場というスーパーマーケットの手前を筋向かいにがくんと一段つんのめるようにして坂道が沈んでいる。その降り際に入口がある。それ自体が一階でありながら地階のような風情の入口の、さらに地下へ降りたところが浴室である。何だかいくつもの入れ子でできたような構造に味がある。

湯は熱い。濃厚な塩湯とみえて、蛇口に岩塩状の白いかたまりがびっしりこびりついている。夕刻の入浴時以外の時間にはめったに人をみかけない。一人きりで深い湯舟に沈むと谷底の洞窟湯にひたっているような気分である。

藤沢湯は冬場がいい。熱い塩湯なのでなかなか湯ざめがしない。駅に近いのも都合がいい。駅までの途中の酒屋で缶ビールを仕入れる。それを帰りの列車のなかで一本空ける頃には、ちょうど私の住んでいる町に着いているのである。

清水町湯は喫茶店でみつけた。その名の通り清水町にある共同浴場だが、清水町というのは大手スーパー・ヤオハンを中心にした市内随一の消費街である。その大通りからちょっと入った喫茶店でお茶を飲んでいると、向かい側の何でもない民家に洗面道具を抱えた人が入ってゆく。さっそく最寄りのお店でタオルを買い、ものは試しとばかりめあての家にとびこんでみた。はたせるかな目の前が脱衣場で、向こうのガラス戸ごしに湯煙がもうもうと立ちこめていたのである。

未知の世界の思いがけない発見ほど面白いものはない。しかしあわてると、ときに痛い目にあうことがないともかぎらない。

水口第一共同浴場は距離からすると清水町湯にほど近い町中にあるのだが、ちょっと趣向を変えて、熱海駅から伊東線に乗り換えて一つ目の来宮(きのみや)駅前をだらだらと下る坂道からくるのもいい。道はゆるやかに右折して坪内逍遙の双柿舎や海蔵寺を右手に望みながら初川ぞいに下ってゆく。途中を左折して熱海温泉病院の裏手に出る緑の濃い散歩道がある。

おそらくこの水口町界隈は、古い熱海の面影をもっとも忠実にのこしているだろう。水口園のまだ改築前の古いたたずまいが木立に埋もれている。やがて八芳苑の裏手に出る。

その先がもう熱海総合市庁舎である。

ついでにいっておくと、そこまでくる坂道の途中にクリーニング屋と肉屋が軒をならべている。その間の狭い路地の先で水口第二共同浴場につき当たる。ここは外部の人間は立入禁止。その旨の貼紙があり、お望みなら水口第一共同浴場へ入るようにとの指示が記されている。

そこで踵(きびす)を返してまた総合市庁舎前に戻る。錦橋という小橋が初川にかかっている。橋を渡って対岸を十メートルほど上がると角に酒屋がある。その向かいの、一見したところでは酒屋の倉庫としか思えないトタン葺(ぶ)きの小屋が、めざす水口第一共同浴場なのである。入口に入浴心得が板書してある。

「一般入浴料百円。お金を払わずに入ったのが見つかった場合には罰金千円を頂戴します。」

千円も罰金をとられたのではたまったものではない。とりあえず番台がどこにあるか見当をつける。二つならんだサッシュの戸の人声のしている方を開けてみた。これはしたり、見れば目の前にならんでいるのは女物の履きものばかりである。あわててもう一つの戸を開けると、そこが人っ子一人いない男湯だった。

「オトコが入ってきたのよ」

「そうだよ、戸が開いたから入ってくるのかと思ったら、だれも入ってこないじゃない」
「はじめてなのかしらねえ。あたしこっちにいてよかった。ホラ、ここなら見られないもの」

声のつややから推して、齢の頃なら平均六十歳以上という見当であろうか。その町内老人会婦人部のメンバーが蜂の巣をつっついたような大さわぎになった。女湯の嬌声はこちらに筒抜けである。一昔も二昔も前の、まだのぞき覗かれ甲斐のあった彼女たちのいにしえの栄耀栄華を、私はうっかり思い出させてしまったようだ。身動きができない。水音を立てたりすれば、きゃあきゃあうれしがっている相手の嬌声が、またまたどこまで華やいでしまうことか。お向こうさんが全員引き上げるまではでるに出られない。湯が熱い。丸腰の幡随院長兵衛が老人会婦人部のワナにかかってじたばたもがいている。

話は変わるが、共同浴場通いには一種の考古学的発見がつきものなのではないかと思う。八〇年代現在の熱海がいかほど近代化されたからといって、温泉場といえばどんな温泉場も、そもそもは村人の共同湯からはじまっている。熱海といえどもその例外ではない。熱海の場合には湯前神社の大湯間欠泉にはじまった。宮本常一氏の『熱海今昔』に次の一節がある。

「大湯のすぐ上に今井という門構の家がある。この家が代々名主をつとめ、半太夫とよばれていた。そして大湯の湯元でもあった。『江漢西遊日記』によると《この湯は昼夜三度ずつ半太夫庭より湧き出て、一村に樋を以てかける。塩気ありて、熱湯なり。》とあり、名士は多く今井家にとまり、司馬江漢もこの家にとまっている。」

ことほど左様に熱海のそもそものはじまりは大湯であり、ここから巨大ビルの林立する現在の繁盛にまでひろがったのである。したがって逆に現在の熱海を還元していけば、自然に地区の共同浴場に舞い戻る。ちなみに冒頭にふれた上宿新宿湯も、大湯間欠泉の目と鼻の先にある糸川ぞいの出湯である。

このあたりには熱海の古層が露出している。三遊亭円朝の講談『熱海土産温泉利書』にこの界隈にまつわる面白いエピソードが語られている。先の宮本常一氏の引用文に出てきた名主今井半太夫も、ここに実名で登場してくるのである。

文化九、十年に熱海の湯に餓鬼虫という奇妙な虫がしきりにわいて出た。浴客の寝ている蒲団にもぐりこむ。お膳の上にぞろぞろ這いあがってくる。大湯間欠泉もさながらにあとからあとからわいて出るのである。たちまち浴客の足は遠のき、湯の町は閑古鳥が鳴いた。

手を焼いた名主の今井半太夫が妙案を思いついた。おりから江戸巣鴨の一行院に諸国行脚の杖をやすめている徳本行者という僧の法力が評判であった。この坊さんの法力に頼って虫を封じようというのである。招きに応じて下ってきた徳本行者は、まず虫の出るところに筵を敷き、三七二十一日の間、筵の上で昼夜を分かたず鐘を叩きながら念仏を唱え続けた。するとさしもの餓鬼虫もピタリと出現をやめ、湯の町はまもなく旧に倍する活況をとり戻したというのである。

後日譚になるが、徳本行者はそれから大湯に近い法界山誓欣院道本寺の賢海和尚に招かれて、同寺で説教会を開いた。浄土宗でいうお談義である。これが人気を呼んで、誓欣院は一時善男善女でおすな押すなのにぎわいをみせた。

忘れないうちにいっておくと、例の上宿新宿湯はこの誓欣院の寺域内にあるのである。熱海駅から来て、間欠泉に通じる道の一つ先の角を右折すると、糸川の上にかかる朱塗りの小橋が見える。小橋の先が誓欣院の山門で、そのすぐ下のごくありふれた二階屋の家が共同浴場である。

誓欣院の手前にもう一つ寺がある。清水山温泉寺。成島柳北の『熱海文藪』に「酒後寓桜ノ後局ヲ出デ温泉寺に遊ブ」とあり、次いで「寺ハ藤納言藤房卿ノ創立スル所ニシテ卿ヲ以テ開祖トス。」藤納言藤房卿とは、南朝没落後出家して行雲流水の旅に出たという、後醍醐帝の忠臣中納言藤原藤房公。この人がここで旅中患った病をいやした。これが温泉寺開山の縁起だというのだ。成島柳北は明治十一年から数度熱海静養の旅に出てしばしばこの寺に遊んだ。明治十五年には「温泉寺」と題する五絶が成る。

南風不レ競ハ兮。
公獨知ル機ヲ早シ。
遺像照シ幽龕ヲ。
豊碑當ル古道ニ。

柳北は旧幕の重臣として瓦解後野に下った。明治十年代は主宰する朝野新聞が官の忌諱にふれてたびたび発禁となり、その上ようやく病を得て熱海に遁れる日々が続いている。その柳北なればこそ、藤房公の非運をわが身に重ねて諦念の歌を詠んだのであった。

ついでに書いておくと、柳北は誓欣院のさるアトラクションのことにも言及している。「本日ヨリ後山ノ誓欣院ニ撃剣会有リ木戸銭ヲ取リ客ヲ引ク剣客ハ静岡沼津三島辺ノ人ナリ名人ハ甚ダ少ナシ。」

静岡沼津三島辺の剣客といえば旧幕側の没落士族である。瓦解後生活の資を失った元士族たちがドサ回りの見世物に撃剣の技を売っていたのである。女も何人かいた。長刀を使う。開会の前に太鼓を叩きながら街中をねりあるいた。「宛モ相撲ト一般ナリ。」

これでみると誓欣院一帯は当時から見世物の立つ庶民的な娯楽場であったらしい。共同湯をここに築いたのもそのせいかもしれない。いまはちがう。いまでは女長刀や撃剣会の直系は大ホテルのステージに回収されて、ウェスタンショウや女プロレスを演じている。ここには往年の活況の面影はない。その代わり閑静がある。糸川ぞいに来宮方面へ上る坂道の両側には落ち着いた民家が並び、そのどれかの小路を曲がると廃屋化した古い旅館が緑に埋もれたりしている。

それはそうと、誓欣院にほど近いところに古風にも「髪床」と看板の出ている家がある。これは忘れないでおきたい。上宿新宿湯は一般客も受けつけるが、ここで入浴券を分けてもらわないと番台でオミットされるからだ。

実をいうと私はこれまで、熱海ひろしといえども共同浴場、公衆浴場と名のつくものは十軒もあるまいとタカをくくっていた。ところが今度あらためて調べてみると、何と十八軒もあるのだ。もっとも網代（あじろ）（地名は下多賀）と伊豆山地区を含んだ上での軒数ではあるけれども。その他にふつうの温泉旅館で湯だけ開放している家がいくつもある。

圧巻は熱海銀座十字路の坂を駅寄りに登った左手の福島屋。元湯なので大きな湯舟にこんこんと湯がみなぎっている。入口に年中ステテコ一丁の名物おやじがいる。湯銭の勘定など一切しない。盆の上に料金だけのものを置いて、釣銭もそこから勝手にとるがいい、という大らかなシステムらしい。

そこを出て咽喉が渇いたと思ったら、海岸通りまで降りて「ナギサ」か「常春」で海を眺めながらビールを飲む。ふところ具合がさびしければ洋食の「スコット」でハヤシライスをとる。スコットの筋向かいの「わんたんや」でラーメンをお供に熱燗を二、三本あけるのも悪くない。そうだ、忘れていた。このわんたんやのならびにも素通りでは見落としてしまいそうな小さな共同浴場がある。その名を渚浴場。釣人や海水浴客が砂を流しにくる。階上が囲碁倶楽部で、洗面道具を抱えた浴客が、帰りは階下からまっしぐらに碁を囲みに階段を登っていったりする。

けれどももしもその日が日本晴れなら伊豆山まで足をのばすことをお推めしたい。熱海駅前で伊豆山循環のバスに乗る。バスはMOA美術館の手前で急激に右折して伊豆山に入り、やがて般若院前に出る。中村真一郎氏の近著『夢の復権』にこの地の来歴を述べた美しい一章（「相豆寺散歩」）がある。「緩やかな石段の下に、真新しい二本の石柱が左右に建っていて、『弘法大師霊場』『走湯山般若院』と刻まれている。（中略）左側に小高い鐘楼があって、晴れた真昼の海を見晴るかしている。」

その通りである。そして中村氏の散歩コースには記されていないが、この鐘楼がほぼ等高にならぶ小高い丘の上に、自動車道に面して般若院共同浴場があるのだ。伊豆山走湯独特の白濁した肌ざわりのやわらかい湯で、湯から出て浴室の窓を開けると眼下に「晴れた真昼の海」が青々と輝いている。

そこから一丁も行けば伊豆山神社拝殿下に出る。神社に参詣してから長い長い階段を一気に下りると、下り切った国道の向かいにちょうど伊豆山浜湯があるから梯子(はしご)湯で汗を流す。

そういえば五木寛之の『風の王国』結末部の舞台がこのあたりで、主人公たちは伊豆山をあるきにあるきまわる。

たしかにこのコースは車を避けて、自分の足であるくのでなければ魅力が半減するだろう。山の緑と海の青。

マタ見ツカッタ。何ガ？　永遠ガ。

山上から見下ろすと、今回は入りそこねたいくつもの湯のある熱海港、網代湾が箱庭のように小さく指呼の間にある。よろしい、次はあそこを攻めよう。永遠が見つかったところで、熱海漫遊記はいっかな終わりそうにはない。

湯ケ島温泉

川端康成

伊豆の温泉はたいてい知っている。山の湯としては湯ヶ島が一番いいと思う。夏は東京より十度近く涼しいが、それでも海抜六百尺に過ぎないから、かなり暑い。天城山の北の麓なので、冬も暖いとは云えない。でもさすがは伊豆だ。紅葉の見頃は十二月の初めであると云う。

去年の四月の無気味な程暖い昼だった。野を散歩していると蛙の声が聞える。声の方へ行ってみると、驚いた、じめじめした田に、蛙が三四十四も坐っている。それが今土をもぐり出したばかりで、からだに泥の着物を着ている。あまり暖いので、季節をまちがえたのだ。四月に蛙が啼くことなぞは、湯ヶ島でも珍らしいことにちがいない。

○

名物はわさびと椎茸だ。

湯ヶ島のわさびは最上品で、東京の一流の料理店へ出る。わさびは水のきれいな湿地、わさび沢に出来るのがいい。乾いた土地で作ったのは、岡わさびと云って味が悪い。ところが今は人間の舌が鈍感になってしまって、わさびを味わい分ける人が少くなった。岡わさびでも満足するようになった。このことは、産量が少い湯ヶ島の上等なわさびのために悲しいことだ。こう云って土地の人が嘆いていた。

江戸時代にはこの地に金が出て、一時は遊廓も出来た程金山で賑ったそうだ。

二三年前のこと、大本教(おおもときょう)の出口王仁三郎(でぐちおにさぶろう)が湯本館に滞在していた。湯本館の主人が大本教信者である。不思議や、小山から一条の湯気が立ち昇った。湯本館からそれを見た王仁三郎は、金が出るのだ、神のお告げだ、と云った。綾部から信者が来てその山の採掘をはじめた。

去年の四月には四五十人も信者がこの小さい山村に入り込んでいた。大本教の青年が隊を組んで晴やかに山道を歩いていた。皆感じのいい人達であった。その家族の半ば都会風な五六人の娘達と、私は毎日湯船で一しょになった。

殆ど言葉を交えたこともないのだが、その娘たちは二三人、私が立つ時に自動車まで見送るともなく見送ってくれた。

金は出なかった。夏行ってみると、もう廃坑の中には土が崩れ落ちていた。

しかし、湯ヶ島のたいていの山は金山だとして、久原などがその採掘権を持っている。

○

王仁三郎は見なかったが、大本教二代目教祖出口澄子とその娘の三代さんが湯本館に来た時には、私もそこにいた。二三年前の夏だった。

澄子が湯に入るところを見た。不恰好にだぶだぶ太ったからだだ。貧しい髪をちょこんと結び、下品な顔をして、田舎の駄菓子屋の婆さんのようだ。湯から上ると縁側に太い足を投げ出して、煙管（きせる）で煙草（たばこ）を吸っていた。これが、とにかく一宗の教祖だというのだから不思議な気がした。三代さんは二十前後の娘だが、少しも色気がなく疲れている。

私は大本教は好きでないが、その祝詞（のりと）は好きだ。それを聞くのも好きだし、それに現れた太古の純日本的な思想も好きだ。しかし、この頃ではこの祝詞も湯本館で殆ど聞かない。

大本教では、湯ヶ島が聖地だということになっている。

○

山の四月にタラの芽が出ると鹿の角が落ちる。村の人が稀に山で鹿の角を拾って来る。鹿は落した角を草の茂みや枯枝で隠し、その尖（さき）だけ見えるようにしておくのだそうだ。

湯ヶ島は宮内省の天城の御猟で名高い。この冬は鹿が五十頭程取れた。

去年の暮、土地の猟師が四五人がかりで、村の河原に鹿をしとめるところを見物した。

また、松竹の蒲田撮影所からよくこの地へロケイションに来る。私の見たのは、梅村蓉子の「水車小屋」だった。落合楼の前の河原で、梅村蓉子が鎌で首を切り、三村千代子が岩の上から流れへざぶんと着物のまま飛び込んだ。

○

私は温泉にひたるのが何よりの楽しみだ。一生温泉場から温泉場へ渡り歩いて暮したいと思っている。それはまたからだの強くない私に長命を保たせることになるかもしれないし。

紀州の湯崎温泉は長命者の多いので名高い。海沿いの路を歩いていると、いかにも白髪の老人の多いのに驚く。のんびりとしたいい気持だ。湯崎に家を借りて一年程住んでみたい。

湯ヶ島も長命者が多いそうだ。

私はこの地へ七年前から、毎年二度か三度は欠かさず来る。大正十三年は殆ど半年この地で送った。

七年前、一高生の私が初めてこの地に来た夜、美しい旅の踊子がこの宿へ踊りに来た。翌（あく）る日、天城峠の茶屋でその踊子に会った。そして南伊豆を下田まで一週間程、旅芸人の道づれにしてもらって旅をした。

その年踊子は十四だった。小説にもならない程幼い話である。踊子は伊豆大島の波浮（はぶ）の港の者である。

温浴

坂口安吾

今の家へは、温泉がぬるいというのを承知の上で越してきた。

伊東は市ではあるが、熱海（あたみ）とは比較にならないほど、ひなびている。けれども温泉場であるから、道路には広告塔があって休むことなく喋りまくり唄いまくっているし、旅館からは絶え間なくラジオががなりたてて、ヘタクソなピアノもきこえる。先方も商売であるから、静かにしろ、と云うわけにはいかない。

よそは住宅難だが、伊東には売家も貸家も多い。伊東は海山の幸にめぐまれて食糧事情がよかったが、東京も食糧事情がよくなったので、不便を忍んで通勤していた人たちが東京へ戻りはじめたのである。

閑静で温泉もあるという家は売家だから住めない。貸家の方はたいがい山の上の温泉のない家で、ぜひ住んでくれないかと云ってきた空別荘も、景勝閑静な山荘であったが、温泉がなかった。

今の家は比較的街に近くて、この上もなく閑静だ。私の書斎の下は音無川で、一方は水田であり、自分の家の物音以外は殆ど音というものがない。その上、温泉もあるというから、非常にぬるい温泉だと仲介者も差配も家主も念には念を入れてダメを押したのを承知の上で越してきた。

奇妙な貸家で、だいたい差配というものは家主に使われているのが普通のはずであるが、ここはアベコベに、差配が伊東で一二を争う金持で、御殿のような大邸宅に住んでいる。家主の方も相当な洋館にいるが、差配にくらべると、月とスッポンである。差配は七十ぐらいの老人で、市会議員で、土建の社長だそうだ。

かりるに当って女房が挨拶に行ったら、温泉のぬるいことを例外なく念を押して、

「あの婆さん（家主のこと）自分の掘った温泉だから、意地をはって、ガタガタふるえながら、はいってる。絶え間なくタオルで身体をこすりながら、はいってる」

と云ったそうだ。

家賃はいくらでもいいと云うから、こッちで勝手にきめて持たせてやったら、多すぎる、と云って受けとったそうだが、東京の相場の四分の一ぐらいの家賃かも知れない。伊東は家賃がやすい。

そのとき、女房に命じて、温泉を加熱する装置を施してもいいか、ときかせると、

「それは勝手だが、あんなもの、温泉と思っちゃいかん」

と、全然ここの温泉を軽蔑しきっていたそうで、婆さんが絶え間なくタオルで全身摩擦しながら意地ずくでつかっている温泉とは何度ぐらいだろうと興にかられたが、調査もせずに引越した。

私はもともとヌル湯好きで、いつまでつかっても汗のでない程度が好きだ。

ここの温泉は、私にも、いくらかヌルすぎる。というのは、胃のところが冷えてくる。けれども胃の上へタオルをのッけておくと、冷感が去るので、入浴しているうちは、たのしい。私は三十分から一時間、時には一時間半はいっていたこともある。だんだん、ねむくなる。枕があったら、このまま、ねむりたい、と思うことがあった。

入浴は快適だったが、あがる時が苦痛であった。越して来たのが冬だから、湯から上ると、ガタガタふるえる。とりわけ寒い日は、全身をふく余裕がなく、夢中で着物をひッかぶっていたりした。

とにかく快適に入っていられるのだから、体温よりちょッと高い目の三十七八度ぐらいだろうときめていたが、温度計を買ってきて測ってみたら、三十四度五分であった。もっとも、私の平熱は三十五度である。胃に冷感をうけるのは、やっぱり体温よりも低いせいだな、という当然なことが、その時になって、はじめて納得できた始末だが、体温と同じ水温なら入浴は快適だという結論も得たのである。

しかし家族たちはヌルすぎるといって、入浴しなかった。そこで温泉加熱の装置を施したが、薪をたき、釜の中をグルグルまいたパイプに水道を通し、湯となって湯槽へ流れこむ仕掛けで、入浴している方は温泉気分であるが、外では薪をたいているのだ。温泉場で釜の火をたくとは味気ない話だ。

私にとっては、三十八度から四十度ぐらいが最も快適な入浴であることを確認したが、冬は湯上りの寒さに抗する必要があるので、多少汗ばむのを我慢して、四十一二度の温泉の湯につかる。伊東市でこれ以上チッポケな湯殿はなかろうと思われるぐらい、洗い場もないほどのところだが、私にはこれ以上の広さも必要ではない。ただ釜たきをする人たちが気の毒であった。

私は朝と夕方と真夜中に入浴する。朝、ぬるいうちに私がはいり、そのあと熱くして家族がはいる。それをほッとくと、夕方、私には手頃のぬるさとなっている。

けれども、私がたいがい徹夜で仕事しており、深夜に入浴したがることを知っているので、気の毒がって、たいてくれる。八時ごろ四十五度ぐらいにしておくと、石の浴槽は冬でも却々冷却せず、十二時ごろは四十一二度、二時三時でも、三十八度ぐらいである。私は深夜に二度入浴して、頭を休め、冷えた全身をあたためることができる。私はタンサンガスに弱く、たちまち頭がしびれるので、せっかく炭火で室内をあたためても、窓をあけてガスをだすから、常に寒い思いをしていなければならないのである。

気の毒であるから、風呂はわかさなくともいいぜ、と高橋に云うが、彼も私を気の毒がっているらしく、たいておく。親切はありがたいが、気の毒がられるのも、つらい。思うように仕事ができないと、フロたきの人たちに悪いような気持になるので、かえって負担になることがあった。

けれども、ヌルい湯に長くつかっていることは、頭を鎮静させ、時空を忘れた茫々たる無心にさそいこんでくれる。うちの湯殿には灯がないので、ほかの部屋からの光で間に合せ、かすかに光のさす湯槽では、まったく、仮睡状態になるときがあった。インシュリンや電気ショック療法のなかった一昔前の精神病院では温浴療法というものをやったそうであるし、ヌル湯の湯治場では、精神病に卓効ありとあるのが多い。それは、しかし、私の場合のように、こんなに湯の温度に同化して長い時間仮睡状態にふけることができたら、と、註釈が必要ではないかなどと考えた。

私は東京にいたころから、一日に三度四度ずつ入浴する習慣だった。しかし、うすい木でつくられた普通の沸し風呂では、冷めるのが早く、たけば熱く、こんな忘我の状態を経験することはできなかった。

例年の冬は仕事ができない習慣であったが、伊東へきて、仕事ができるようになった。伊東は南国だといっても、ちょっと南へ下ったというだけのことで、東京からくる人には暖かさが感じられても、住む身には分らない。仕事ができるのは温泉のせいだ。ぬるい温泉のせいである。つかっていいて汗ばんでくる温度だと、温度に同化することはできないものだ。

私は時間を忘れているが、ひょっとするると、一二分、又、一二分というように、ねむっているのかも知れない。頭のシンが疲れている時には、頭をシャボンの泡だらけにして、湯につかりながら、後頭部からコメカミへかけて十分も十五分も静かにもむこともある。両耳を抑えて、湯の中へ頭をもぐしこんでシャボンを落して、又、湯の温度に同化してしまう。

人間の頭の廻転などというものは、その人の性質に応じて方法を講じることができるものだ。絶対のものではないし、神秘的なものでもない。苦しかったら、まず、方法を考えることだ。精神などといって、非物質的な張本にまつりあげるのは、精神を増長させるばかりで、物質的に加工しうる限度をひろげるように工夫すると、相当に細工のきくシロモノだということが分ってくる。

そして、徹夜の仕事を連続していると、視神経の疲れが何よりの悪刺戟(しげき)になることがのみこめてくる。もっとも、私は強度の近視のところへ、遠視が加わったから、メガネをかけても外してもグアイが悪いのである。それがメガネのツルを支えている鼻梁の疲れを代表者として頭の廻転に鈍痛を加えてくるのである。

その苦痛を天城先生に訴えたら、洗眼器をかして下さった。入浴しながら、これを用いて、冷水で目を洗う。これを三分ぐらいやって、目をとじて、三十分、四十分、湯につかって、茫々去来するままにまかせておくのである。眼の疲れは急速に去った。目に水をそそいでから、ヌル湯にながく、ながく、ひたるということは、目の疲れとは別に、頭の疲れを払うためにもキキメがあるようだ。また入浴前に歯をみがいておくことも、いくらか入浴の頭に及ぼす効果を助けるようだ。

人間というものは、これ以上の快適をむさぼる必要はないということを考えたりする。人生はこれぐらいのものだという嘲笑的なものではない。もっと充足し、ひたりきった楽天気分だ。なんのために生きるか、なんのために仕事をするか、なんのために入浴するか、そんなセンサクを失った充足感において、こうしていることのあたたかさ、なつかしさを感じることがある。ここに宇宙あり、と大袈裟に云っても、とりわけ変とも思わないだろう。別に詐術ではない。種と仕掛はハッキリしている。一定の温度とその持続だけのことなのである。

温泉

北杜夫

長島（ながしま）という土地がある。野球には関係ない。木曾川と長良川にはさまれたデルタ地帯、大昔は陸地つづきでなく、海に浮ぶ七つの島で、七つ島、七島、なが島とつまったのだという説もある。

ここが信濃川の河原に似ているから天然ガスが出るのではないかと、人あってこれを掘りだした。昭和三十四年に伊勢湾台風がきて、ぽしゃってしまったが、さらに掘りつづけると、三十八年になって猛烈な勢いでガスならぬ温泉がふきだした。摂氏六十二度の熱い湯である。東海道にはそもそも熱い温泉がない。そこでたちまち、資本金六億の大会社ができ、敷地十六万坪の長島温泉が誕生した。はじめはブリキ囲いの湯舟に宣伝のためロハで入れた。今は堂々たる建物に大ホール、ここで酒をのみ食事をしながら、間断ないショーを見る。昭和四十年五月、入浴第百万人目、十一月には二百万人目が出た。たいそうな繁昌らしい。

そもそも日本人は風呂が好きである。麦を食っていても風呂にははいる。これがヨーロッパ人となると、みんながそうそうは入浴しない。その代りに彼らは丹念に体をふく。私の父がむかし滞欧中、一人の若い女性と旅をして、彼女が一杯の金ダライの水を用いて、毎朝巧みに体を洗ったことは、よほど父に強い印象を与えたらしい。「おまえ、一杯の水だぞ。それをちっともこぼさずに、丹念に隅々まで体をふくのだ。あれは見習わねばならない」と、晩年になってもよく話してくれたものだ。

また、かつては食人種であったフィジー人なども、むくつけき顔つきはしているが、毎日のように泉にはいって体をふく。日本人には、よく風呂にははいるものの、カラスの行水とよばれる人種があって、実のところどちらが清潔かはわからない。

さて、風呂のこととなるが、これは習慣のちがいで、外人は日本風呂には眉をひそめ、われわれは西洋風呂では半分しか入浴した気にならない。ザーザーと湯をぶちまけたりはねちらかしたりしないと、なかなか風呂にはいった気にならない。いつか二カ月ほど南太平洋の島を旅行して、ハワイに戻ってきて、日系人のホテルにはいったら日本式風呂があった。そこで思いきり湯をぶちまけたら、なんとも快かったものだ。

われわれにとっては、湯舟はでかいほうがいい。家に風呂があるくせにわざわざ銭湯にゆく人種もたくさんある。その日は風呂をたてないという理由のほかに、でかい湯舟につかりたい心理がたしかにある。

温泉の魅力は、でかい風呂と、好き勝手な時間にはいれることであろう。薬理的効果を期待する人はごく一部である。

子どものころ、夏休みには箱根へ行ったが、その魅力のひとつに温泉があったことは争えない。朝はいる。遊んできてはいる。夜はいる。子どもたちはまあ三回であったが、滞在客の中には一日に七回はいる猛者もおり、また薬効があるといって、その湯をガブガブのむ大人もいた。

その温泉は硫黄泉であった。黄褐色に濁った湯であった。一夏の滞在がすぎると、私たちの手拭はいずれも黄いろく染まった。いま思いだしても、懐しい、多少の哀愁をおびた色である。

私たちは温泉の中で、さまざまな遊びを発明した。その一つは、何秒もぐれるかというもので、これは息が苦しくなるより、湯の熱いときは熱さのほうがこたえた。もう一つは――これは子どもでないとグロテスクになるが――潜水艦遊びというもので、つまり硫黄泉が濁っていて湯の表面からわずかもぐるともう見えない点を利用したものである。一人の男の子が仰むけになって湯舟にはいっていて、湯の表面にだしぬけに潜望鏡を、つまりチンポコを突きだす。それがどこに現れるかわからない。それをこちらから濡れた手拭を丸めた奴をぶつけるという、卓抜な遊戯であった。

潜水艦遊びをやったのは自分の家の風呂の話であるが、強羅公園のわきに「千人風呂」というのがあった。どんなに私はそこへはいってみたかったろう。千人というからにはよほど大きな湯舟にちがいあるまい。そこで泳いだり潜水艦遊びをしたくてたまらなかった。たまたま、そこへ行った大人が、「湯を出ると茶を持ってきてね。茶をのみながら座敷で涼むのだ」などというのを聞くと、いっそうあこがれがかきたてられた。結局私は「千人風呂」にはいれなかったので、いまだにあこがれがある。

しかし、その湯舟はさして大きくなかったらしい。千人は愚か、百人もはいれないようなものであったらしい。

さて長島温泉のそれは、本物の千人風呂であるようだ。大浴場というのは直径五十メートル、二千人同時入浴可能、と説明書にある。広間は二つあって、計四千人収容、一大ヘルスセンターというところだ。やってくる客は団体が八割、その筆頭が農協で、次が漁協。お百姓さんたちは、農閑期に山の中のひなびた温泉へ行って自炊をして疲れ休めをしたものだが、今ではバスをつらねてここにやってくるわけなのか。湯にはいってショーを見るだけだと三百五十円だが、平均一人が千円を飲み食いに落してゆくという。温泉の建物に接して、こちらはりゅうとしたホテルがあるが、女を連れた有名人のおしのびが多いともいう。まさかこんなところにはきていまいという作戦の由。

それにしても、一度、この二千人風呂を借りきって、太平洋作戦のごとき雄大な潜水艦遊びをしてみたいものだ。

母と

松本英子

ハハ
TVショッピング
でね！またこないだもQVCで観たんだけどその日のゲストが
…ねえそろそろ…
富士山が見えるんじゃないかな…
松

新幹線から白い頂を一緒に見て…
どーかな
え〜とね
旅気分を盛り上げるっていう筋書きあるんだけど
松
あー見えた！
キレイねえ！
おっし
松

名古屋で乗り換えて
お弁当…期間限定"飛騨路の旅"ですって
え〜っとソレはね…"めしどろぼ漬けおむすび"だって
ハハハ
気に入ってる様子!!!
松
お品書き

清流と癒しの里へようこそ
着いた!!
わー
今回は…いつもの一人旅とは違うからね…
いかに母(主役)に満足してもらえるか…
松
暖房中

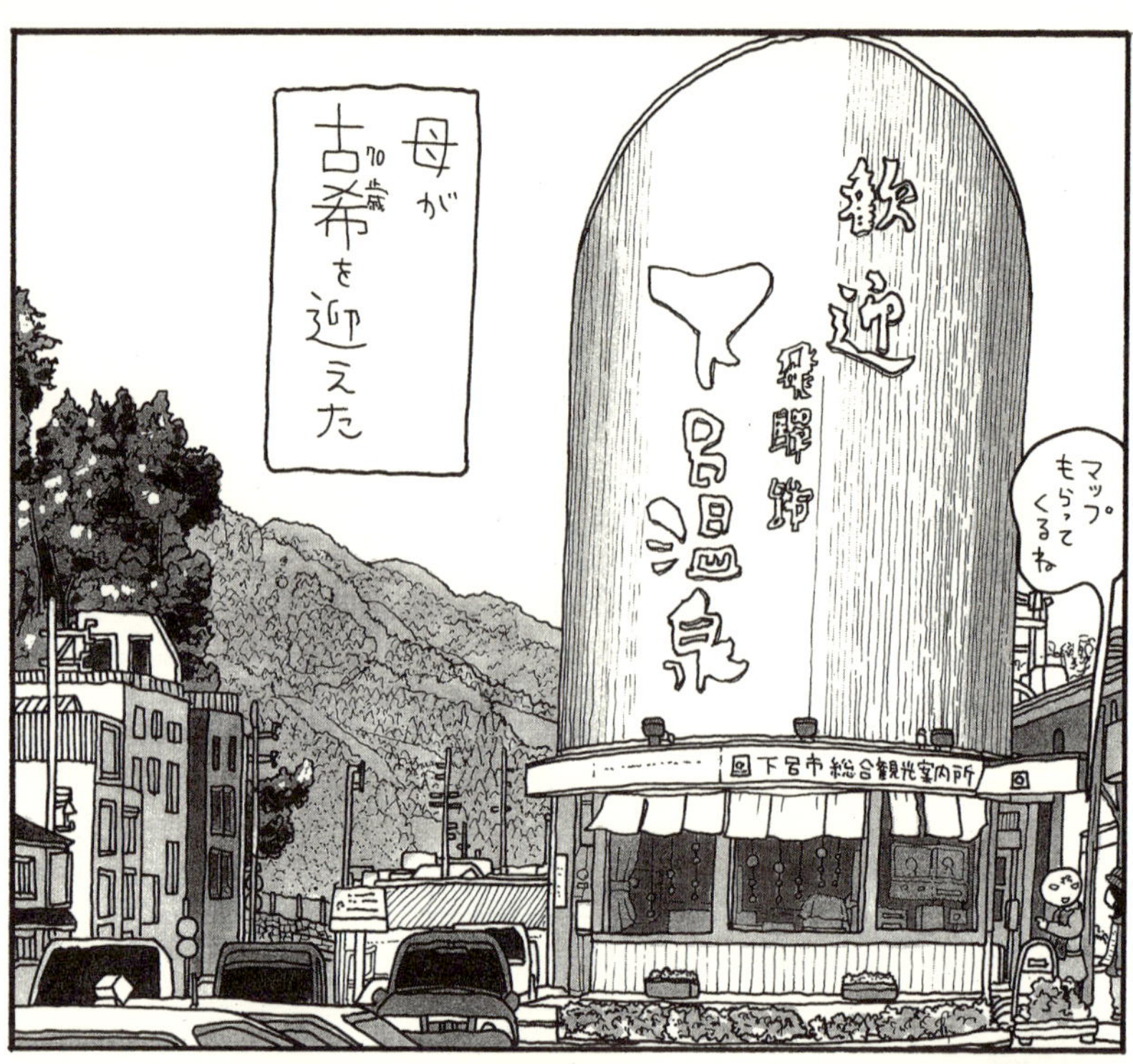
母が
古希を迎えた
70歳
歓迎
飛騨路
下呂温泉
下呂市総合観光案内所
マップもらってくるね

あお湯出てる！
湯元
いいトシした娘としては

あったかい…
温泉の匂いする…
来たんだねえ〜
キメてみせたい親孝行

川の水、キレイねぇ…
"飛騨川"だって
記念旅行なら私好みの秘湯より有名どころの温泉がいいと考えた

ここは"温泉神社"か…
よ〜く参ってくわ
お湯も街のつくりも充実が期待できるから

足湯〜！
入ろっか！
"その時"を分かちあえるネタが沢山あるだろう、と
下呂温泉

下呂の陽に当たりながら…
下呂の空気吸いながら…
いいねぇ いいねぇ
フ〜〜
コレね QVCで買ったんだけど

あの人が紹介してたのよ！
なんだっけ あのホラ… タレントの ホラ…
え〜〜〜っと
また QVC？

昔からこの人…
相手のまるで興味ないこと平気で延々話すんだよなぁ…
すんごい人気なのよ それでね
"なぜ今!?"ってときに…
親子には長年じっくり溜め込みあった負がある

お互いもう齢をとりすぎて
……〜
ふ〜〜ふ〜〜……
〜〜〜〜〜〜……
延々→ QUEENネタ
そんなことも いいかげん赦しあってる つもりなのだが

話題変更!
この上が"温泉寺"だって!
"また!?"と
つい反応してしまう瞬間もある

…で突発的に攻撃に出ちゃったりすることがあるんだよな…
下呂の街…
いいわねえ〜
しないしない!楽しい旅だものね!

"瑠璃の松"
シラサギの伝説か…
そこらへん、大人になった私の内面こそ
親孝行旅の真髄かもしれない

パシャ

あ…金正日が亡くなったって…
へえぇ！
今日？
発表は今日だけど…実際はわかんないや

パチン…！
さて…寺に…

将軍様っていえばアンタ！あの人の奥さんってね！〜〜〜〜〜〜〜〜〜〜〜〜〜
今度は金正日の女ネタ延々
ウやっっ

温泉寺内部
わ〜すんごいお数珠
はたから見たらくだらなくても

心の底にたまった負の澱は
おばあちゃんのお葬式にこういうのあったね
あったあった！
少しの揺れでも簡単に舞い上がる

QVCってねホントなんでもあるのよ！ないっていったら葬式くらいなんじゃないかしら
親しい間柄の感情の切り離しは
なかなかすんなりいかないのだ

ねえ見て
とってもステキな建物…
!!
気に入った？気に入った？
!!

宿到着
このクラシカルっぷりは好みだろうなって思ってたんだ!!
よっしゃー!
当たりー!!

いらっしゃいませ
写真撮りましょうか

パシャ
絶好調

お部屋にて
わ！茶柱！
いい感じいい感じ

当館の案内図です
とてもレトロなので皆様楽しんで探訪してくださいます
行きたいわ！

早速！
あ、あのね…ココ露天風呂付きのお部屋なんだよ！

狙って予約したの！
見て見て！

ふーん

さ、探訪よ！
スッ

わ〜館内に足湯がある！
…うん
あとでぜひ！

家族風呂が4つもある！
入ろう入ろう！
全部入りたいわ！
あるあるこういうこともある

つるつるだねえ
肌…
ね ホント
いいお湯
フー…
大浴場
野天風呂
あれ飛行機？
星だよ
そういや
動かないものね
でもあんまり
光ってるもんだから
ハハハ
ウチから見る
星とは
全然違うわ
山なんだねー
なんてことない会話
でも いつか
ここで
たわいない話をした、
っていうのが
すごく大事だったと
思う日がくるんだろうな
う〜ん…
アラ？
…え〜とお…
ん？
誰だった
かしら…って
栗まんじゅう
5個食べたって
こないだ言ってた
人って
…って
う〜〜んとぉ
なぜ今その話題
お部屋のお茶菓子が
おまんじゅうだったことが どうやら起因

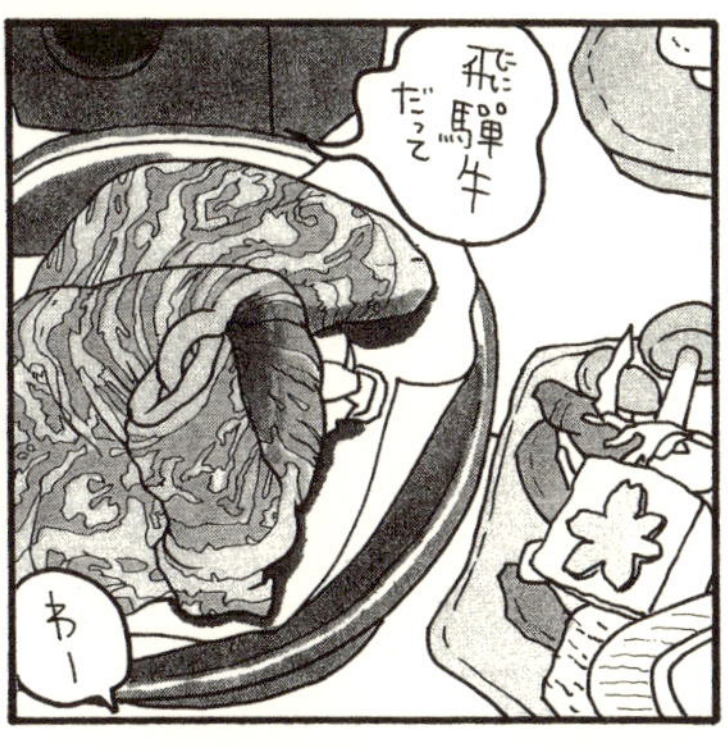
飛騨牛だって
わー

10年前
還暦の記念旅行で長野の渋温泉に行ったとき
帰りに長野駅でホラ

たまたま受け取ったチラシが
ミスOO風
下呂温泉
ま〜
下呂温泉のキャンペーンのだったのよね

下呂に行こうかって誘ったときにソレ言われて…
よくもまあそんなこと憶えてるなあって…
ハイ
物忘れ激しいくせにそういうのは妙にね
このお米おいしいね
ね

まあ飛騨のお米ですか!
明日…どっかで見つけたら買おうか
なごやかな旅になってる

テンションあがってて次々話題が移ってて多分他人はついていけない
すみませんねおねえさん…話につきあわせちゃって…

夜のお風呂めぐり
うっわー寒い!
そ〜お?
あたし平気

翌朝
そろそろ出る時間か…
お宿さん一晩ありがとう…
うんうん
カラカラカラ

あ…お庭出てたの？
そう
最後に名残をおしんでたのかな

なにソレ!!
自生してたフキ
お庭でね、フフフ
フフフじゃない!!!

おいしそうだなあ、って
上手に掘り起こせたわよ
あああああああ
ごめんなさいお宿さんごめんなさい

下呂から特急で約40分
高山へ
地みそ
つけもの
糀みそ
田舎みそ
おつけもの

いいとこだねー
ねー
さむ〜
どうでもいい話
2日目ともなると
負も浮上ぎみ
このお店見よっか
小さいな私…
穏やかに穏やかに
商品から脱線してどーでもいい話
話…つき合わせちゃってるなぁ…
で、欲しいんですけど飛騨のお米は買えますかしら
長い前フリ
スーパーで見たことはありますね…
どちらのスーパー？
ここからはかなり遠いんですよ必ずあるかもわからないです
場所、どこですか
諦めない様子!!
たいしてない滞在時間を
ただ米さがしに費やす気？
こっちに土地勘ないから
手こずらせてるし!!
ねえ！お米なんだけど

松
それってそんなに大事なの!?

そうね!
そうだわ!

松
…あ

じゃあ コレと コレ ください
はい

ねえ… あっさり引き下がられちゃうと…
うわー すごい
松の木!
あたし まるで悪人じゃん

せめて機嫌悪くしてくれたら
そこに立って
撮ってあげるわ!
救われるのに

そっちだって、娘の長年の「柔和でない対応」には
松
パシャ
ストレスたまってんでしょ

あそこも古めかしいわねー
ねー
やっちゃった……

ちっとも親孝行じゃない
あとで高山らーめん食べない？
そだね

……
!!

□□米店
TEL……
お〜〜〜!!

飛騨のお米ありますか!?
ある!!
あった!!
よかったー
飛騨
よがっだー

10キロ宅配便で!
伝票書きます書きます!!

こっちこっち
MAP

高山らーめん
桔梗屋
ハフハフ
ずぞぞぞ

帰りの ワイドビューひだ
たくさん遊んだね〜
ね〜
ぷ。。。。
ああ…
寒い寒いって
ずっと言ってたから
これじゃまるでやっぱりあたし…
あ〜あ…
下呂温泉 湯之島館
ガタタン ガタタン
ガタタン ガタタン…

濃き闇の空間に湧く「再生の湯」
和歌山県・湯ノ峯温泉

荒俣宏

おどろくことに湯には死者をよみがえらせる霊力がある。
だから温泉は聖地となり、天皇も巡幸するところとなる。
なかでもすさまじい霊力をもつ温泉が、熊野本宮の巡礼路に位置する「湯ノ峯(ゆのみね)温泉」だといわれる。紀州でも最古の温泉のひとつだが、この秘湯の霊力を日本中に知らせた物語がある。題して小栗判官(おぐりはんがん)の奇譚(きたん)という。

この物語は、とてつもなく奇妙なはなしである。主人公の小栗判官は、鞍馬(くらま)の山にまつられる毘沙門(びしゃもん)の申し子として生まれた、自由奔放なふるまいをする英雄である。二条大納言家の嫡子なので、家門のため妻をめとらなければいけない身であったが、どうしても気にいる娘があらわれない。女を次から次へと乗りかえて、あげくに御菩薩池(みぞろがいけ)にすむ大蛇と情を交わしてしまう。

帝(みかど)は怒り、この野放図な若者を、遠い常陸(ひたち)の国へ流罪にした。

ところが、小栗判官は常陸の国でもドンファンの本領を発揮する。この国の大守であるにもかかわらず、気ままな性格を直そうともせず、相模（さがみ）の国を支配する横山氏のかわいい一人娘、照手姫（てるてひめ）を見初（みそ）めて、これまたむりやり情を交わす事件をひきおこした。

怒ったのは横山一族である。異国からやってきて、いきなり、大切な姫をものにした男を、なんとしても殺さなくては気がすまない。まずは人食い馬と恐れられる鬼鹿毛（おにかげ）をぶつけるが、なんと、判官は狂暴な人食い馬を乗りこなしてしまう。

横山はすぐに次の作戦を実行に移した。こんどは毒殺だ。この作戦がみごと図にあたり、小栗判官の殺害に成功する。横山はさらに、承諾もなく異国者とちぎった照手姫も淵に沈めようとした。しかし姫はあやうく助けられ、諸国を流浪したあげく、奴隷の身に落ちる。

一方、毒殺された小栗判官は、餓鬼身（がきしん）という実にあさましい姿となって、この世によみがえる。小栗をもとの身に戻すには、世に伝わる蘇生の湯、紀州は熊野にある「湯の峯の湯」へ連れてゆき、湯浴みさせねばならない。小栗を助けた藤沢の上人（しょうにん）は、餓鬼身の小栗を土車に乗せ、熊野まで運んでいこうとした。

ここで小栗判官物語は、いよいよクライマックスにさしかかる。なにしろこの主人公、地獄へ落ちても、娑婆（しゃば）へ戻せと叫びまくり、閻魔大王から添え状をせしめて、三年後に墓から復活するのだ。しかし横山の目が光っている土地では、生き返ったことを大っぴらにできない。そこで藤沢の上人は、この判官を熊野まで運ぶのに、妙案を思いつく。「この車を引っぱれば、供養になるぞ、徳が積めるぞ。なにせ、このおかたは餓鬼阿弥陀仏(がきあみだぶつ)にあらせられるのじゃから！」

　これを聞いて、善男善女がわれもわれもと綱を引いた。そして、その中に、物狂いに身をやつした照手姫もいたのである！　かくて小栗判官は、命を落とす原因となった姫に助けられ、無事に熊野本宮近くの「湯の峯の湯」にたどりつく。ミイラにも似たその体を、霊力ある湯につければ、あな尊きや、判官はもとの身に戻ったという。

　もちろん、この物語の背景には、熊野信仰の本領が隠されている。熊野権現は、日本にあって、いちばん閾(しきい)の低い神さまといってよい。上は天皇から、下は照手姫のような奴隷女まで、身分の区別なく人びとを受けいれてくれる。女を受けいれる信仰の場は、そうたくさんあるものではなかった。さらに、極悪人や病人や死人さえ受けいれる神域なんて、熊野のほかには考えられないのだ。極悪人の上に亡者となった小栗判官は、だから、安住の地として熊野をめざすしかなかったわけだ。

　ところで、熊野の霊域が小栗のごとき亡者さえ浄化できる霊験をそなえていた理由は、書くまでもなく、温泉の薬効があるからだった。いまは湯ノ峯温泉と呼ばれる、この古い秘湯は、成務天皇の時代に、熊野(くまの)の国造(くにのみやつこ)大阿刀足尼(おおあとのすくね)なる人物によって発見されたといわれる。今から千七、八百年前のことであるから、日本最古と名のっても、あながち大袈裟ではない。熊野詣でする人たちが、参拝の前にこの湯で身を浄めたという。つまり湯垢離の場だったのである。

湯の花でできた薬師如来

その湯ノ峯温泉が現在もなお湧きつづけていると聞いて、わたしたち罪ぶかい人間の心がさわぐ。小栗判官を蘇生させた湯に、ぜひとも、おのれの汚れた身を沈めてみたいという思いがつのった。そこで、実行。紀州勝浦から山道を一時間ほど行った本宮温泉郷の一角に、めざす温泉はあった。ごく狭いアスファルト道を下って、温泉街にはいったとたん、わたしはアッと声をあげてしまった。これはなんとも時代がかった湯ではないか！

温泉街のまん中に、湯ノ谷川というごく小さな川が流れていた。道路から四、五メートル下を流れるその川辺に、「つぼ湯」と書かれた小屋が、ひとつ立っているのだ。小屋は、ぐるりに板を打ちつけた素朴なつくりで、一か所が大きく空いており、湯気出しと展望窓の役を果たしている。小屋の内部に、ちっぽけな岩風呂がある。二人はいれば、いっぱいになりそうだ。まさしく坪庭のようなミニサイズの風呂だが、すぐ脇を清流が流れ、岩場から蒸気が吹きあがっている風情が、まことにすばらしい。

しかも、小栗判官をもとの体に戻した奇跡の湯が、まさしくこれだという。つぼ湯の先には湯畑と見られる井戸状の「湯筒」もあった。温度は九十度ある。近くで売っている卵や芋を買って、ここに浸けておくと、数十分で茹で卵や茹で芋ができあがる。

けれども、古い温泉にはもっとおもしろいものがある。信仰の湯であるからには、当然、薬師如来がまつられているはず。案のじょう、周囲を捜索したら、近くに東光寺という寺があった。ここに身の丈一丈余、胴まわり二丈余という薬師如来が安置されていた。この薬師は、天然の湯の花が数百年も積もりつづけた結果、薬師の形をした石に化したものだという。あいにく住職が不在で、この一大珍品は見学できなかったが、写真で眺めると、なるほど薬師の形をした自然石のようなものであった。

本堂のわきに水道の蛇口があり、光明湯と看板が出ていた。栓をひねり、アルミのコップで湯を受けて、飲む。なんだか酸っぱい味がした。重曹硫化水素泉なので、一日に二百ミリリットルほど飲みつづけると、便秘、リウマチ、痛風、糖尿病、アトピー、金属中毒症、下痢などに効くという。一人十リットルまでは無料で汲んでよい。トラックにポリ容器をわんさと積んでやってきた大阪の人が、さかんに湯を汲んでいる。軽く千リットルはありそうだ。一リットルにつき十円を、隣の公衆浴場で支払ってあるという。

「これで子供を風呂にいれ、アトピーを治すんだよ。半年もすると全快するそうだ」

と、その人が教えてくれた。

これであらためて「つぼ湯」が気になった。川辺の小屋にとって返す途中、道わきの喫茶店で入浴料二百七十円を支払い、橋の上に立って順番を待った。湯が一度に二人しかはいれないので、混雑するときは二、三時間待ちのこともある。

カップルできた組は、内部を丸見えにしているオープン部分に、板ばりの戸をしっかりと立て、外から覗(のぞ)かれないようにして入浴する。ここは子宝の湯という別称があるとおり、子供を望むカップルでも賑わうところなのだ。かと思えば、若者二人が戸を開けはなって、川見(かわみ)の湯と洒落(しゃれ)こむ組もある。

やっと自分の番が巡ってきた。壺(つぼ)を思わせる小型の岩風呂につかると、小屋の暗さ、そして湯舟の狭(せま)さに、ふと棺桶のなかを連想してしまった。さながら、死んだ気分になるのだった。文字どおりの湯灌(ゆかん)だ。毎年四月十五日の湯登り行事には、熊野本宮の氏子がこの湯にきて身を浄めるという。死んで、浄められ、ふたたびよみがえる。日本で発達したこのような再生儀礼が、どうやら温泉の薬効にかかわっていたらしいことを、直観的に確信した。

窮屈なつぼ湯につかり、目を閉じ、死んだ気分でしばらく瞑想した。そして、ふと目をあけると、板がこいのすき間から青空が見えた。明るい。再生した気分だ。

この湯につかると、なぜか人びとは瞑想する。だから、湯浴み時間も長くなる。けれども、橋の上で待つ客たちは、先客が再生するまで、やさしく待っていてくれるのだった。

春の温泉

岡本かの子

重い冬のコートを脱ぎ棄てて、身も心も軽やかになった春の夕方、下町からの帰途、数寄屋橋近くのガードをくぐるとき、夜行列車が轟然と頭上を通り過ぎるのに出遭う。ふと見上げれば、長い列車の無数の窓からは、明るい光が空気のように流れ出ている。行きずりに見る夜行列車の車室の明りは、街に氾濫するどぎついネオンの光とも、人家の単純な電燈の光とも違う、一種の魅惑的な物懐しい感じがして、頻りに旅に出たい気持ちをそそる。殊に厚い冬衣から解放されたての春先きなどには、走っている夜行列車を見るたびに、どこかの温泉へ行って、冬中鬱屈した肉体を、お湯に浸して、思い切り揉みほごしたいと思うのは、私一人ではあるまい。

さて、温泉へ行くとしたら、どこへ行こうか。信越地方の温泉の中には、まだスキーヤーで賑っているところもあるであろう。奥日光や五色などのスキー温泉地には春は一月以上もおくれて訪れるが、スキーヤーに云わせれば、もうめっきり春らしくなったという。

スキーヤーにとって、スキー場の春は、雪が柔くなって滑り悪くなり、日光の反射が強くなって、日炎が酷くなることを意味するらしい。男たちは薄い襯衣一枚に汗を泌ませ、中には襯衣も脱ぎすてて、半裸体で滑っている者もある。肌に流れる汗はぎらぎら光る日光の反射の中に湯気を立てている。滑り終って汗みずくの体を温泉に浸す時の気持ちは、想像するだけで、壮快さが思い遣られる。

これ等の山地の温泉にもやがて雪がとけて、おそい春が訪れる。麓ではもうとっくに桜の花が散ってしまった頃、山では蕾が膨みかけ、それ等はおくれを取り戻そうとでもするように、瞬く間に花を咲かして仕舞う。蕾から花までの期間は驚くほど早い。そしていろいろの花が一時に咲くのも、山地の春を一層賑やかなものにする。私はこの期間をねらって、山地の温泉を訪れる。東京では桜の花時になると季節風が酷しく吹いて、焦立たしい気持ちのうちに、花はいつの間にか散って仕舞う。だから、私は山地の温泉に行って、静かな環境の中で、心ゆくまで春の気分に浸る。宿の裏山からは鶯の冴えた啼声も聞こえ、食膳には冬籠りに脂肪を蓄えた、香ばしい岩魚の料理も出る。

冷徹閑雅な山の温泉の春に引代え、海辺の温泉の春は温和で抱擁的な長閑さがある。わけても、透明な伊豆の湯の感触は、ねっとりと膚にまつわりつくといった感じである。明け放した窓からは、桜の花がはらはらと湯舟の中に散り落ちる。その窓の向うに見える海からは、香ばしい潮の香が微風に乗って押し寄せる。何も彼も忘れて、うっとりとなる。

街外れに出れば、温泉利用のフレームにメロン、茄子、胡瓜などの速成蔬菜類が、見事に成育しており、畑には豌豆の花が咲いている。菜種の花も盛りである。

海辺では、女達は海草の採取に余念なく、男達は魚漁に忙しい。

春の伊豆の温泉は、こうした多彩な変化が私達の五官を楽しませてくれる。

遠く、春の旅に立ち寄った山陰道の玉造温泉も、私には忘れられない印象を遺している。湯町駅から田圃道を車を走らせると、やがて道は小川の縁に出る。道の両側は桜並木で、それは山峡の温泉町まで続いている。温泉宿は道とは反対側の川縁に立ち並んでいる。

この温泉町は、花盛りの桜並木や宿の前後の山峡いに咲く山桜の眺めを除けば、これと云って特色のある風景もない平凡な土地ではあるが、この土地からは、大昔、出雲大社に奉納する曲玉用材の瑪瑙を産したので、玉造という地名が産れただけあって、懐古的な情趣が何となく漂っている。それに此処からは、宍道湖の岸に近いので、そこで漁れる新鮮な湖魚を味わうことが出来る。鱸、白魚は宍道湖の名物で、鮒の子づけ膾は春先きは殊に美味である。不昧公の旗下であった松江に近いこの地方は、茶の湯と共に、料理も仲々発達して居り、気品と雅致に富んでいて、旅人の味覚を喜ばせる。

私は温泉町の春の夕暮時がとりわけ好きである。海辺の温泉なら、宿の縁側の籐椅子（とういす）に腰かけて、朧（おぼろ）に霞む海面が黄昏の色を深めて行くのを眺める。春の海は油を流したように静かである。その静かな海面は入陽の前の一時が、一番変化に富んでいる。また山の温泉であれば、谷川のせせらぎの間に聞こえる、道行く人の石畳を踏みならす下駄の音が、夕暮時にはとりわけ感傷を誘う。ようやく、軒々に燈のともり始める頃、素足にいくらかの冷気を覚えながら、街を歩くのも楽しい。どこの土地にもありふれる土産物細工（ざいく）の店を一軒一軒見て歩くのも、湯客には時にとっての興味的な暇つぶしである。

わが家にも、春が訪れ、桜は咲き、湯も沸く。それだのにどこかの温泉へ行って見たい気の頻りにするのは、やはり温泉にはわが家とは違ったほのぼのとした春の長閑さがあるからであろう。

ふるさと城崎温泉

植村直己

眉も睫毛も、外気に触れている所すべてを凍らせてしまう極寒の北極。そこで行手を阻む氷と格闘している時、薄暗い生家の一隅が脳裏を掠め、驚いたことを覚えている。

私が生まれたのは兵庫県城崎郡旧国府村、現在の日高町の一部である。低い山並みに囲まれた盆地で、中央を中国山地から流れ出た円山川というかなり大きな川が流れていた。この川に沿って一〇㎞ほど下ると城崎である。私は大学に入学するまでずっとこの村で育った。

電器工場や製鉄所が誘致されていたものの、国府村はもともと変哲もない農村で、私の家も百姓である。当時、農家の娯楽といえば農閑期に家族や近所同士で城崎温泉へ行くことだった。私の両親も時たま行っていたから、私も幼い頃は連れて行ってもらったことがあるのだろうが、記憶は全然ない。物心ついてからは家族揃って城崎へ行くようなことはしなくなった。少年特有の照れもあったかもしれないが、年寄りと一緒にお湯に浸っていたって面白くも何ともないし、それよりも子供の私にとっては友達と円山川の堰堤で竹スキーを滑っている方がよほど楽しかったのだ。

第一、城崎の温泉は自分とは別の世界の人達が遊びに来る所としか思っていなかった。大阪弁を話し、雪が降っていると言っては喜ぶ、大阪、神戸から来た人達のための所と思っていたのだ。だから、温泉街を浴衣がけで歩いている浴客の姿も、自分とは全く無関係の存在としか映らなかった。

と言っても城崎の温泉に入ったことがない訳ではない。私は隣町の豊岡にある高校に通ったが、その頃、親しい仲間と連れ立って行ったことが何回かある。もっとも、それとて「大人が喜ぶ温泉とはどんなものなのか？」という好奇心からだから、今となっては裸で友達と騒いだ記憶があるばかりで、どこの湯だったのかすらはっきりしない。

だが、城崎へ行くことは私にとってその都度心はずむことではあった。なぜなら、城崎は玄武岩の柱状節理の洞穴・玄武洞があり、珍しい魚が泳ぐ水族館と海女の潜る姿が見られる日和山がある町だったからだ。子供の私にとって「城崎」の名は温泉のある町としてではなく、そういう〝遊び場〟のある町として心をときめかせる響きをもっていたのだった。

このように書くと、風呂が嫌いなのか、と思われるかもしれない。実はそれとは正反対で、私は一度入れば一時間でも二時間でも入っているという、風呂が好きで好きで仕方がない人間である。

今度の北極点グリーンランド単独行で大変お世話になったアラート基地で、暫く（しばら）は浴びたくても浴びられない生活が続くのだからと、出発前にシャワーを強く勧められた。風呂好きの私故入りたい気持は山々だったが、好意を謝しつつも辞退した。入ってしまうと里心が付いてしまうのではないか、これから一人で北極圏を歩こうという時に風呂なんかに入ったら、せっかく高まった緊張感が一遍に弛（ゆる）み、気持がぐらついてしまうのではないか、と恐れたからである。それも自分が風呂好きなだけに、心も身体ものんびりさせてしまう風呂の〝魔力〟を充分知っていたからだと思う。

今度の旅から帰ってすぐ、本を書くために一〇日間ほど熱海（あたみ）へ行った時も、原稿の方は一向に進まず、かといって外へ出掛ける訳にもいかないので、朝、夜と日に二度は必ず温泉に入っていた。たっぷりとした湯に浸って手足を思い切り伸ばし、ポケーッとしていると、「ああ、全く違う世界に帰って来たんだなあ」という思いがこみ上げて、「やれやれやっと終った」としみじみ思えて来たものだ。「風呂なんか二度と入れないんじゃないか」と考えて憂鬱になった日本出発前の最後の風呂とは大違いである。

ところで、これまで世界のあちこちを歩いた私だが、日本以外の所で温泉に入ったことなど一度もない。ヒマラヤにはそれらしい所があったような気もするが、その時はとてもそんな気持になれなかった。南米のアマゾンにしても水浴びがせいぜい、西欧のバスは身体を洗うだけだし、汗を流して身体の疲れをとろうという北欧のサウナとて決して寛げる場所ではない。こうしてみると、お湯に浸って心も身体ものんびりさせる、というのは日本だけの習慣のようである。

それで思い出したが、今度の北極行でグリーンランドのエスキモーが、泳ぐというか、水浴びをすることを初めて知った。夏になると海岸近くの岩場のあちこちに水溜りができる。気温もその時期には五度、一〇度に上がることがあり、一日中太陽が出ていることもあって水溜りの水の温度はかなり高くなる。エスキモーは裸になるという習慣も身体を洗う習慣もないから、さすがに大人はいなかったが、子供達は裸になってワーワー、キャーキャー戯(たわむ)れていた。その姿を見て、「子供はどこでも同じなんだなあ」と妙な感心をしたものである。城崎の話をするつもりがいつの間にか風呂談義になってしまった。閑話休題。

冬の山陰を語る時忘れてならないのは松葉ガニである。城崎に近い津居山(ついやま)港にも漁期になると盛んに水揚げされ、私も冬になると必ず食べたものである。もっとも当時私の口に入ったのはクズというか、商品にならないメスの方ばかりだった。旅館の食卓や大都会向けの足が長いオスは値段が高かったためか食べさせてもらったことはなく、嘘のような話だが、私がオスの松葉ガニを初めて食べたのは東京へ出て来てからのことである。ただメスの方はふんだんに食べたもので、小さい甲羅にびっしり詰った卵の味は今でもよく覚えている。

カニに限らず一帯に魚は豊富だった。それも店を構えた魚屋などはなく、買うのはもっぱらカゴを担いで一番列車に乗って来るおばさん達からだった。どの季節にどんな種類の魚、ということには無頓着だったから全然覚えていないのだが、サバ、イワシ、イカなどが多かった。そんな風におばさん達が担いで来る魚はこの上なく新鮮だったし、売れ残ったから引き取ってョ、という感じだったから値段もびっくりするほど安かった。特にガバッと獲れた時のイワシなどタダ同然で、家ではそんな時に大量に買って糠漬け(ぬかづ)にしていた。貯蔵食、冬の間の蛋白質の補給源としてである。

こうしてみると、魚にせよ野菜にせよ、自分の家か近くの町で取れるものだけで生活していたことになる。だから肉などはめったに食べたことはなく、飼っていた鶏が死んだ時とか、正月など特別な時だけの食物だった。今度の旅で動物の生肉を主食としていたためか何とはなしに肉好きのように思われるのだが、肉と魚とどちらが好きかと聞かれればためらわず魚を選ぶ方である。それも魚で育ったためなのだろう。

こうして幼い頃を思い出しながら書いていると、友達と遊び回った城崎の町が目に浮んでくる。城崎にはもう長い間行っていない。この冬、もし暇ができたら今度の旅で随分心配をかけた償いを兼ねて、家内を連れて雪の降る城崎へ行ってみるのもいいかもしれない。

奥津温泉雪見酒

田村隆一

去年の暮、黒狐から電話がかかってきた。黒狐というのは、一昨年の秋、「赤い夕陽」を見に行きませんか、とぼくの無知につけこんで、鎌倉の谷戸の奥からぼくをひきずり出し、インド中を歩きまわらせたうえに、おめあてのケープ・コモリンの世界的夕陽を、ぼくに見せてくれないかったインド狂の青年のニックネームである。もっとも、インドの最南端、インド洋とアラビア海とベンガル湾の海が合流する一点――ケープ・コモリンの赤い夕陽が見られなかったのは、黒狐の意志を超えた気象学的問題であって、黒狐はそれほど底意地の悪い青年ではない。それがなによりの証拠には、電話線の彼方から、あかるい言葉がひびいてくる――

「お正月に温泉にでもつかりませんか」

「こんどはアフリカの温泉かい」

「ご冗談を。岡山の奥に、とてもいい湯があるんです。宿は、ぼくの知りあいでね、その家の女中さんのマナーは日本一という定評があるくらいです。どうです、奥さんとご一緒に。たまには奥さんをいたわってあげなくちゃ」

「つまり、こんどは、純日本的情緒を味わえっていうんだな」

「そうです、そのとおりです。老夫婦がひっそりと山の湯のかおりを味わいながら、こしかたの激烈な文化闘争を回顧するなんて趣向はいかがなもんでしょう」

「ほんとに、アフリカやニューギニアの温泉じゃないんだな」

「赤い夕陽」の苦いような甘いような経験があるので、あくまでぼくは懐疑的精神に燃えている。

「またそんな。それに、奥さんをお誘いしているんですもの、いくらぼくだっていい加減なことは云いませんよ」

「じゃ、きみも一緒に行くんだね」

「やだな、タムラさん、だれが老夫婦のおともをして、山の湯につかりに行くものですか。それに、じつは、その——、申しおくれましたが、昨年の秋、ぼく、結婚したんです。ええ、式はほんの内輪だけで。それで、大晦日に、ワイフとスペインへ行くんですよ」

ぼくは受話器をにぎったまま、一瞬、ポカンとした。黒狐め、また一杯くわせやがって。たしか、インド中部の古都、ハイデラバードの燃えるような夕焼けをながめながら、ぼくらはホテルのテラスで、ボルドーのワインを飲んでいたときだ、「ねえ、黒狐、きみもそろそろ身をかためたほうがいいんじゃないかい」「身をかためる?」「いいひとがいたら、結婚しなさいよ、って云ってるんだよ」「ご、ご冗談を!」「だって、きみの目つきは、ただごとじゃないよ。昼間、ラクダに乗って町をひとまわりまわったとき、インド美人のヒップのあたりを追うきみの目線は、尋常じゃなかったもの」「そういうタムラさんだって、キョロキョロしてたじゃありませんか。年がいもなくさ、イロキチ!」「ぼくの場合は、ホルモン体操の一種で、健康にいいんだ。いくらきみが黒狐だって、白狸のような恋人はいるだろうに」「そりゃあ、半ダースくらいのガール・フレンドはいますけどね。だけど、ぼく、結婚なんて、絶対にしませんよ。老けこんじゃうもの。それに、ぼくにはやりたい仕事が山ほどあるんです。ボーイズ、ビイ、アンビシャス! というぼくのオヤジのころの格言が、ぼくのしなやかな肉体のなかで生きているんですよ。だれが結婚なんか! ホレ! タムラさん、この、ぼくの肉体のしなやかさ」黒狐はやにわに椅子から立ち上ると、まっ赤な夕焼けの下で、上半身裸体になると、ヨガともつかぬ珍妙な体操を、ホイホイと叫び声をあげながら実演してくれたっけ。……

「あ、そう。じゃ、せっかくのご好意だから、老妻と、岡山の奥にある山の湯につかってくるよ。スペインから帰ってきたら、花嫁さんをつれて、ぼくの家へあそびにおいで。インドのヨガ体操の話はしないからね。ボーイズ、ビイ、アンビシャス！」

一月五日。快晴。家内と午前一〇時一五分の「ひかり」で岡山にむかう。家内は、新幹線に乗るのは万博以来である。ぼくが、ある展示館の仕事を手伝って、その仕事の落成祝いに招かれたとき、家内もついてきた。そして、ぼくは生れてはじめて新幹線に乗ったのである。大阪の宴会の席上で、酔いにまかせて、会社のエライ人たちに、ぼくがそう云ったら、みんなから変な顔をされた。新幹線ができてから五年たっていたんだからね。その帰り、この日も、万博の直前だったから、二月の厳寒で、大津のホテルに泊ったら、家内はたちまち風邪をひいて、二日間、寝っぱなしだった。十一時半になったので、食堂車へ。あたらしくできた食堂車は、ビュッフェとちがって、ゆとりがある。なかなか快適。ただし、右側は壁面になっているから、車窓の風景は左側だけ。(むろん、上りは、その逆になる)ハムサラダと黒パンとビール。家内がいないと、ただちに金色のウイスキーということになるのだが、この点、老妻を同伴すると、すこぶる健康的である。沼津あたりにさしかかると、車内アナウンス——「ただいま、富士山が見えてまいりました。今日のような美しい富士山は、われわれ乗務員にとっても、なかなかお目にかかれません。ゆっくりと、ご覧ください」と男性的なバス。

家内はあわてて食堂車からとび出すと、北側（進行方向の右側）の細い廊下に出て行った。ぼくはビール。

「すごいわ！　あなたも見てらっしゃいな、ほんとに美しいから！」ものの二、三分もしないうちに、家内はテーブルにひきかえしてくると、興奮して叫んだ。

　ぼくもあわてて廊下に出る。厳冬の、透明で、しかも深味のある青を背にして、雪をいただいた富士の全容が、そこにある。新幹線の、時速二〇〇キロのスピードも感じさせない重量感。富士の左肩からなだらかな裾野（すその）にかけて、剃刀（かみそり）でそいだようなシャープな線、それと対比的に、右肩から流れるまるびおびて、小さな突起物をしたがいながら、ゆっくりと落ちこんで行く女性的な裾野。山肌は、チョコレート色。雪渓がふかい立ち皺（じわ）をきざみつけながら、新鮮で、奥行のある立体感をかもし出す。山頂から五合目あたりまで、純白。山頂のまうえに、ポッカリ浮いているちいさな綿雲。「今日のような美しい富士山は、われわれ乗務員にとっても、なかなかお目にかかれません」とアナウンスした男性的なバスが、ぼくの胸の中でよみがえる。ときは一月五日。正午の富士。この富士山を見ることができただけでも、ぼくは黒狐に感謝しなければなるまい。それにしても黒狐め、いまごろは夜のバルセロナで、花嫁さんとダンスでもしているんだろう。富士の姿が視界から消えたとたん、たちまち、ぼくは妄想のとりことなる。テーブルでは、わが老妻は、無邪気な顔をして、海老フライ定食をパクパク。

岡山から津山線に乗る。津山まで約一時間三〇分。備前平野を、旭川とともに北上して、鳥取の境界ちかくまで至る沿線は、冬とはいえ、ゆたかな樹木と土壌を展開する。春秋の美しさは、冬枯れの山野をながめていても、容易に想像される。ところどころに、白桃、ブドー畠。民家の色調がおちついていて、昔の日本のよさをしのばせる。材質もいいのだ。檜と杉の、まろみをおびた山々。安手の、けばけばしい色は、どこにもない。戦時中、谷崎潤一郎が、疎開先に、美作をえらんだ理由が、充分納得できる。土、樹木、気候、魚、果実、肉、米、それに村落や町のおちつき。この地方は、関ヶ原、幕末、太平洋戦争を通じて、ただの一度も、戦火にまみれたことがないという。よし、第三次世界大戦の疎開先は、岡山の美作ときめたぞ。それに地震がない。海は、鳥取側の松葉ガニの日本海と、備前平野のまんまえは、奈良朝以来の魚の宝庫瀬戸内である。戦争中、物資の欠乏で、日本人の九〇パーセントが栄養失調になっていたのに、ひとり谷崎潤一郎だけは、血色のいい顔をテラテラさせていたというではないか。岡山の土は、備前焼をつくり、白桃をはぐくむ。鳥取側に近づけば、日本海の松葉ガニとともに、京美人の原型がドッとおしよせるという仕組なのである。一昨年の初夏、日本海の隠岐へ旅したおかげで、美人の本場と、そのルートはちゃんとたしかめてあるのだ。そんなことを、胸中、ひとり呟(つぶや)いていると、老妻は夢中で車窓に見入っている。彼女の父方の祖母が岡山で、小学生のとき、養女になった家が美作なのである。

ちなみに、永井荷風の断腸亭日乗第二十九巻（昭和二十年）に、美作の勝山(かつやま)に疎開中の谷崎潤一郎を訪ねるくだりがある。格調の高い文章から、おのずと、岡山から旭川の上流の美作にいたる内的な雰囲気がただよってくる。以下、引用する。説明するまでもないが、この日は、敗戦の二日まえである。

八月十三日、（前略）午後一時半頃勝山に着き直に谷崎君の寓舎を訪う、駅を去ること僅に二三町ばかりなり、戦前は料理店なりしと云、離れ屋の二階二間を書斎となし階下には親戚の家族も多く、頗(すこぶる)雑遝(ざっとう)の様子なり、初めて細君に紹介せらる、年の頃三十四五歟(か)、痩立の美人なり、佃煮むすびを馳走せらる、一浴して後谷崎君に導かれ三軒先なる赤岩という旅舎に至る、谷崎君のはなしに谷川べりの好き旅宿に案内するつもりなりしが独逸人収容所になりて如何ともしがし(ママ)と、余が来路車にて見たりし洋人は思うに独逸(ドイツ)人なりしなるべし、やがて夕飯を喫す、白米は谷崎君方より届けしものと云う、膳に豆腐汁、町の川にて取りしと云う小魚三尾、胡瓜もみあり、目下容易には口にしがた

き珍味なり、食後谷崎君の居室に行き閑話十時に至る、帰り来って寝に就く、岡山の如く蛙声を聞かず、蚊も蚤も少し、

八月十四日、晴、朝七時谷崎君来り東道して町を歩む、二三町にして橋に至る、渓流の眺望岡山後楽園のあたりにて見たるものに似たり、後に人に聞くにこれ岡山を流るる旭川の上流なりと、其水色山影の相似たるや蓋し(けだし)怪しむに及ばざるなり、正午招かれて谷崎君の客舎に至り午飯を恵まる、小豆餅米にて作りし東京風の赤飯なり、(中略)灯刻谷崎氏方より使の人来り津山の町より牛肉を買いたればすぐにお出ありたしと言う、急ぎ小野旅館に至るに日本酒も亦あたためられたり、細君下戸ならず、談話頗興あり、九時過辞して客舎にかえる、深更警報をききしが起きず、

八月十五日、陰りて風涼し、宿屋の朝飯、雞卵、玉葱味噌汁、はや小魚つけ焼き、茄子香の物なり、これも今の世にては八百膳の料理を食するが如き心地なり、飯後谷崎君の寓舎に至る、鉄道乗車券は谷崎君の手にて既に訳もなく購い(あがない)置かれたるを見る、雑談する中汽車の時刻迫り来る、再会を約し、送られて共に裏道を歩み停車場に至り、午前十一時二十分発の車に乗る、新見の駅に至る間隧道(ママ)多し、駅毎に応召の兵卒と見送人小学校生徒の列をなすを見る、されど車中甚しく雑沓せず、涼風窓より吹入り炎暑来路に比すれば遥に忍び易し、新見駅にて乗替をなし、出発の際谷崎君夫人の贈られし弁当を

食す、白米のむすびに昆布佃煮及牛肉を添えたり、欣喜措く能わず、食後うとうとと居眠する中山間の小駅幾個所を過ぎ、早くも西総社また倉敷の停車場をも後にしたり、農家の庭に夾竹桃の花さき稲田の間に蓮花の開くを見る、午後二時過岡山の駅に安着す、焼跡の町の水道にて顔を洗い汗を拭い、休み休み三門の寓舎にかえる、S君夫婦、今日正午ラジオの放送、日米戦争突然停止せし由を公表したりと言う、恰も好し、日暮染物屋の婆、雞肉葡萄酒を持来る、休戦の祝宴を張り皆々酔うて寝に就きぬ、

〔欄外墨書〕正午戦争停止

荷風の日記をぼくが引用したのも、岡山の風土の雰囲気を、読者に伝えたいがためである。戦争を知らない若い読者には、荷風が感涙にむせんで、潤一郎夫人から贈られた弁当を食すくだりなど、想像のほかであろうが、家内などは、当時、十五歳の女学生で、カボチャの皮とイモのクキをたべて生きていたのである。いくら潤一郎が大作家であろうと、東京にいたらこうはいかない。美作に疎開したからこそ、優雅な生活ができたのである。

勝山の東、約二十キロのところに、美作の中心、津山がある。荷風が勝山の潤一郎を訪ねるために乗った伯備線と、ぼくと家内が乗っている津山線は、ほぼ平行して北上し、前者は島根へ、ぼくたちの津山線は、津山盆地を経由して鳥取へぬけて行く。

津山から、奥津温泉までバス。美作は、岡山県の温泉の宝庫である。美作三湯といって、津山市の東南一六キロ、那岐山南麓の湯郷温泉、旭川の上流、勝山の北部にある湯原温泉、そしてこれから、ぼくら老夫婦がこしかたの文化闘争をなつかしみつつ、湯の香にむせぼうというのが、奥津である。

うまいぐあいに奥津行の特急バスがあって、これだと四〇分。バスは吉井川に沿って北上する。吉井川の上流が奥津川と合流し、奥津渓谷となって、転石、天狗岩、琴淵、女窟、白淵、それに甌穴群の奇岩が見えはじめてくると、あたりは白一色の雪景色。ときおり、小雪がチラチラする。奥津橋を渡って左にカーブすると、黒狐の知りあいの宿、K園。

その宿の前庭はいたって地味だが、奥行がふかく、ぼくらが通された座敷は、京間の八畳に、一間の廻り廊下がついている。そして渓流に面していて、その川岸に桜の木が何本もある。雪がときおり白く舞い、夕闇がせまっている。

「あら、セキレイ」

美しい水鳥が、渓流の上を、かすめるようにして飛び去る。

「やっと今朝から雪になりましてね、地もとのみなさん、雪がふるのを待ちに待っていて、はい、この奥にスキー場ができたものですから、雪がないと、お正月のお休みも、アテがはずれてしまいます。例年ですと、一メートルはつもっているんですよ」と、品のいい女中さんが説明してくれる。

　家内とべつべつに風呂に行く。アベック用の風呂は苦手である。大浴場でないと、気分が出ない。客はぼく一人。湯は豊富。熱からずぬるからず、まことに快適。透明な湯の中に手足をのばして、ぼくはぼんやり考える——松の内に、温泉へ入るなんて、生れてはじめてだぞ。それに家内と来るなんて、夢にも思わなかった。黒狐のやつめ、ひとを年寄りあつかいしおって。よーし、こうなったらリュウちゃんは、枯れにカレてやるわナ。枯山水（かれさんすい）だ。しかし、それにしてもいい湯だな。塩原、草津、伊香保（いかほ）、湯河原（ゆがわら）、箱根、東伊豆、奥伊豆……と、関東の湯をいくらおもいうかべても、まったくはだざわりがちがう。やわらかくて、品がいい。果物で云うと、白桃の味である。単純泉という話だが、若干アルカリ性をふくんでいる。

　家内も顔をテラテラさせて、部屋にもどってくる。そして、「いいお湯、とてもいいお湯」をくりかえすばかり。「ここのお湯だったら、湯上りに、クリームなんかつける必要はないわね。ほら、皮膚が若がえってしまって、お湯は熱くないくせに、しんからあったまるし」

　夜の食事は、山菜、松葉ガニ（日本海）、キジ鍋、奥津川の鮎。酒は地酒をたのんで「五十鈴」。米と水がいいせいだろう、辛口でなかなかいける。老夫婦、こしかたの文化闘争を回想するいとまもあらばこそ、アンマさんをめいめいにたのんで、その夜は口をパックリあけて昏睡。

一月六日。朝のうち雪。夕刻になって晴。奥津の宿から、ハイヤーで鳥取側まで行ってみることにする。運転手さんは、三十五、六の、いかにも実直そうな人。昨夜から今朝にかけて、かなり雪がふった様子。民家の屋根も、檜の山、杉の山、そして渓流の岩や石も、純白におおわれている。

「これで、やっと奥津らしくなりました。大神原高原のスキー場の連中も大よろこびですよ。お客さん、奥津ははじめてでございますか？　はあ、それでは、ご案内させていただきます。わたくし、広野と申します。この土地で生れ、育ちました。この先、国道を北進しますと、人形峠に出ます。いえ、この国道は、昔は出雲街道と云いまして、津山から出雲に出る街道で、いまは国道のアスファルトでございますから、便利になりました。この道は、雪ですから、雪の性質を知らないと、剣呑でございます。ええ、ブレーキをかけるんだって、急ブレーキはいけません、エンジン・ブレーキをかけます、ほら、このとおり、急ブレーキをかけますと、車は回転してしまいます。ギアを落とす、このコツです。はい、ここが人形峠。鳥取県との境になります。標高七三五メートル。檜と杉の山にかこまれておりまして、そうですな、檜は、水はけのいい山でないと育ちません。奥津の山は、その点では、まさに檜にはうってつけでして。はあ、あの山、あの山の雑木、あれはブナでございます。ブナはやわらかくて、ま、パルプの原料にしかなりません。それでも、ブナ林のたたずまいは、なんとも申しませんな、檜と杉にかこまれて育ちますと、ブナの裸木の細い枝々の姿に、ついうっとり見とれます。では、人形峠をくだります。ここからが鳥取県で。いま、除雪車が通りましたね、あのあとの運転には、絶妙の技術を要します。はい、かえって滑りやすくて。右手に見えますのがラジウムの採掘場でして。日本唯一のウランの穴場でございます。ここをカーブして、はい、ギアを落します、ブレーキを踏んではいけません。お客さん、ほら、バスと乗用車がぶつかって、乗用車の前部があんなにへっこんで……いえ、この雪道で衝突したって、たいしてケガはいたしません。力の大きな車が、小さな力の車を押しやって、そのまま、ズルズルと雪の上をすべりますから、インパクトが生じないのでしょうな。雪道に馴れない人は、自動車の運転には、くれぐれも注意してくださいよ……」

帰京後の家内の日記を盗用する——

一月六日（雪、のち曇）

午前一一時奥津の宿より、ハイヤーで白一色でおおわれた人形峠を越え、鳥取側に雪の国道をおりる。三朝（みささ）温泉でコーヒーを飲み、ふたたび同じコースで帰える。運転手さんは、奥津生れの稀なる善人なり。広野恒治氏。夕刻、宿へわざわざ挨拶にたちより、端数の五〇〇円をまけてくれる（こちらがチップを出すべきなのに）。

夜、〆竜（しめりゅう）なる老妓をよび、R（筆者註・ぼくのこと）と老妓、軍歌の合唱。（筆者註・はじめは、旧幕時代の俗謡、たとえば、梅が井（枝）の手洗鉢（ちょうずばち）、たたいてお金が出るならば……高い山から谷底見れば――それがいつのまにか――銀翼つらねて南の前線……わが大君に召されたる……ああ、堂々の輸送船、さらば祖国よ、栄えあれ……日の丸鉢まきしめなおし、グッと握った操縦桿、万里の波濤（はとう）、のり越えて、行くーぞ、ロンドン、ワシントン……）頭が痛くなって、睡眠薬服用。夜ふけに、また雪。

一月七日は快晴。昨夜、老妓と軍歌を合唱し、あれほど「五十鈴」を飲んだのに、二日酔まったくなし。奥津の湯のおかげなるべし。朝、家内と散歩、奥津川の渓谷に村の共同湯場あり。三十二、三の主婦、その浴場で、足ぶみ洗濯中（昔から、奥津では、温水をつかって、足で踏みながら洗濯する由。昨日の運転手さんから仕入れた知識）。奥津は、湯が豊富で、宿の水洗も水道も、すべて温水をプールしたもの。あの、やわらかくて品のいい温水がトイレットに使われているとは夢にも思わなかった。午前一〇時一〇分の特急バスで、津山経由岡山まで。その途中、「苫田ダム反対」の大プラカードを、吉井川のほとりで、家内は見つけ、興奮して叫ぶ——

「この川よ、この川よ、吉井川だったのよ、昭和十五年、わたしが九歳のとき、朝鮮で死んだ妹が三つのとき、あやまって落ちて、ズブぬれになった川、だって、苫田郡は、わたしが養女になったときの本籍の地名ですもの」午後八時、鎌倉着。

ふたたび家内の日記より——

一月八日（雨）

R、早朝からウイスキー。午前三時、奇妙な怖い夢を見る。稲村ヶ崎のK書店の奥さん、奥津の運転手さん登場。死んだ母が出てきて、一〇年まえの時のように、わたしは泣き出す。岡山、津山、苫田、その他のことが、母の夢につながる。

別府の地獄めぐり

田辺聖子

春や初夏には新婚旅行が多い。関西では、九州が多い。

それも船旅（瀬戸内海の旅を指す）で、別府温泉へいく、というケースが多い。どうして新婚さんは別府を好むのだろうか。

イロイロ考えて、私は、ハタと思い当った。ここには「地獄」という名物があるのだ。身を新婚の極楽において、地獄八景をヒトゴトのようにたのしむのが、うれしいのではあるまいか。

地獄・極楽というものは、ありますかね、と例の「中年」にいったら、この男は、

「そら、酒飲んでるときが極楽、飲んでないときは地獄です」

と明快にいった。

「それは精神的なものでしょう？　目で見る地獄を探訪しませんか？」

「毎月、見てます。月末の女房の顔です」

「そういう、ありきたりのものではない、別府の地獄です」

「時は春、よろしいですなあ。温泉に浸かって地獄を見た」

と中年は、笹沢左保さんの小説の題のようなことをいって、賛成し、ついてきた。

新婚旅行とちがい、中年の旅、かつ、弥次喜多の旅は、いまや飛行機である。金とヒマのある向き、ならびに幸福そうな向きは、瀬戸内海航路の関西汽船むらさき丸、まや丸などという大型観光船で五色のテープと「蛍の光」に送られて出立なさるのだ。いそがしい中年、庶民派は無味乾燥な飛行機にのりこみ、かたわらには赤ちゃんを背負ったおばさん、後は耳の遠いじいさん婆さんに挟まれ、飴玉をしゃぶりつつ、伊丹から約一時間で、大分空港に着く。ここから別府まで更に一時間かかる。

私は別府というのは、九州の東の出入口にある温泉で、それ一つだと思っていたが、別府は大きな温泉郷の一かたまりを指すのだった。別府、観海寺、堀田、鉄輪、明礬、柴石、亀川、東別府の各温泉を合せて、別府八湯とよぶそうである。いかにも大規模なものだ。

別府といっても、それぞれ、ぽつんぽつんと離れている温泉場で、どれか一つにきめなくてはならない。運転手が連れていったのは、高級旅館の立ち並ぶ観海寺温泉で、みるからに新婚向き、中にひときわ大きい、見上げるばかりの大ビルディング、大浴場あり、大ジャングル温泉あり、大劇場あり、何でも大がつく豪華版の大ホテルである。壁面には、国際学術会議でも行なわれるかというように何本もの旗が、青空にへんぽんとひるがえり、玄関には何々組合、何々会社、何々会御一行様の立看板がひしめいて林立していた。

そうして、車はひっきりなしに出入りする。

「見ただけで切なくなりますね。せっかく温泉へ来て、ビルディングに泊るかと思うと」

私はそういったが、中年はもっと直截(ちょくせつ)に、

「もちっと、年寄り向きのところはおまへんか」

と運転手にいっていた。そうして鉄輪温泉がよかろうとすすめられた。

別府の町中から更に三十分、山ふところ深くわけ入ってゆく。だんだん心ぼそくなるほど山へはいる。湯の里らしく、右も左も、白い湯けむりが暖かそうにボワボワ上っていて、そのうち、突如、にぎやかな地獄のセンターに着いた。

鉄輪温泉は、地獄めぐりの拠点なのである。

いかにも湯治宿(とうじやど)という感じの宿が多くていい。別府では一ばん古い湯で、一遍上人(いっぺんしょうにん)がひらいたといわれている。私たちの泊った宿も百年ぐらい経っていそうな感じで、まわりもそんな家がひっそりとたてこみ、静かである。

ただ、家々の屋根のあちこちから、湯けむりが上っていて、まるで町全部、静かに茹(ゆ)だっている感じ。

まだ日が高いから、ひと風呂浴びて地獄へいくことにする。

別府の源泉、約三千二百といわれ、日本一、ゆたかな湯がふき出るのである。源泉によってちがうが、鉄輪の湯はきめがこまかでやわらかく、いい湯質である。

表通りの地獄めぐりセンターは観光バスがさかんに発着して、車馬織るが如き人波、

「ワー、これがまず地獄ですなあ」

と都会のラッシュになれている中年は嘆声をあげた。

地獄というのは、熱泉や噴気それぞれのものすごいたたずまいを、一つ一つ柵（さく）でかこみ、観覧料をとって見せるわけだった。とっかかりの海地獄へはいると、今しも先頭に旗を捧げた団体にまきこまれ、向うから旗を振って采配（さいはい）しつつ出てくる一隊とぶつかってからみ合い、人波打ってまきかえす大混雑であった。

「はぐれないように！　××町婦人会はこちら！」

とバスガイドが声をかぎりに叫んでいる。押しあいへしあい、入口を通って奥へはいる。

熱帯樹が植わった彼方（かなた）に、青い青い池が見えた。ウソのように青い池である。

池のまわりは白い湯気に包まれて霞（かす）んでいる。池の青さは、コバルト色のまっ青な、それで海地獄というそうだ。

地鳴りがどうどうとひびき、白い煙がもくもくとあがり、青く澄んでいながら、この池

の熱泉は煮えくり返っているのである。

中年と二人、人ごみの間から柵にもたれてしばしホーと嘆声。

「あ、卵茹でてる！」

「あの卵をたべると、中気にならん、といいますね」

「何でですかね」

「さあ。新築の風呂で最初に入浴すると中気にならんという言い伝えと同じじゃないですか」

しかし中年は、やはり中気が気になるのか卵をたべた。白い煙が池のうしろの山肌をたえず包み、池がまっ青なくせに、グラグラ煮えくりかえり、湯気が上っているのも、まあよろしい、しかし、この、とどろく砲音(つつおと)のような地鳴り鳴動だけは、ぶきみでそらおそろしい。何思いけん、××町婦人会の会員らしき老婦人は、ありがたそうに、海地獄の池に向って手を合せていた。

「地獄も、こう地鳴りしてるんですかねえ」

「そら、そうでっしゃろ、地の底やから、ちょうど船底の三等船室、エンジン室に近うてやかましいようなもんとちがいますか」

「そうすると、やはり、地獄はおそろしいですね。私、音によわいから」

「夜は眠れまへんやろうなあ」

中年は、地獄へ堕ちても、夜は眠る気とみえた。また、別の団体にとりまかれ、こんどは次なる地獄へ向う。ココア色の泥がぶくぶくと湧き立ち、煮えくり返り、大地がスープを煮てるよう、その横では、九十八度の湯が四六時中ふっとうして奔出し、山もとどろとひびかせて、たぎりおちていた。

ちょっと手を触れたら煮えとろけそうな焦熱地獄、それにしても何てまあ、豊富な湯だ。こんな湯が惜しげもなしに間断なくふき出すなんて、全く、勿体ないような話、別府は歓楽境としても、東の熱海と並ぶが、この壮大でふんだんに景気のいい温泉の湧出ぶりをみると、人は何か浮き立ち、酒でも飲まずにいられよかという気になるのではないかしら。

山地獄というのは、粘土が山のようにかたまっているもので、ここには動物園があって、動物たちが湯治していた。

そうじて、いったいの熱気や噴気を暖房に利用して、熱帯植物、熱帯魚、ワニなどをどの地獄でも栽培飼育している。地獄の効用を展示している如くでもある。

桂米朝の「地獄八景」という落語では、亡者たちが地獄の鬼やえんまサンをからかったり、ふざけたりするが、熱帯魚飼育や植物園は、地獄のすさまじさをからかってる感じがして面白い。鬼山地獄はたくさんのワニを飼っていて、世界一の大ワニなどというのがい

る。体長七メートルのクロコダイル、生まれは大正十四年、

「中年と同じ大正フタケタですね」

「胴まわりの太さもほぼ似通う」

と中年は感無量でこたえた。なお、中年のいうには、鬼山地獄は、オニからワニを連想して飼ったのではないかとつまらぬ推量をしていた。

ここでの団体は何とか会研修会の一行。中年男性はワニにせんべいを投げ、ついで、どういうつもりか、五円玉をワニに投げた。

「ワニしょんねん、いうてワニ怒っとる」

と中年は下らぬシャレをいうが、コインをワニ池に投げるのは、このおっさんだけでないらしく、うようよ這いまわるワニの背中、みな、古びてコケの生えたコインを頂いていて、へんな地獄。

白池地獄というのもあり、これは牛乳を溶かしたような白さの池。これはこれでぶきみで、亡者の白眼のごとく、ぶきみといえばここの熱帯魚の水槽に飼われている、ピラルクという魚は一目見たら忘れられないほどおそろしい。アマゾンの大王魚といわれる巨大な魚で、のたりくたりと泳いでいて、鯉のぼりそのまま。恰好はもっとわるい。ぺたりとした尻尾とも尾びれともつかぬものがうしろについていていて、眼は死魚のごとく動かない。水

槽には、「このガラスは拡大鏡ではありません」とことわり書きがついているほど長大な魚。

「地獄で釣りをやると、こういう魚がかかるかもしれまへんな。夢でうなされそうな魚ですな」

中年は、地獄へいっても、現世と同じことをするつもりなのか、この分では碁を打って酒も飲むつもりでいるのだろう。

カマド地獄はふきあげる蒸気がカマドのふたを持ち上げんばかり、煙のあいまに鬼が見える（ツクリモノ）。しかし当今の若者は鬼を見ても怪獣の一種にしか思えないのか、ツクリモノの鬼の出べそに荷物をひっかけて、トイレへはしっていた。

地獄のしめくくりの圧巻は竜巻地獄と名づけられた間欠泉（かんけつせん）であろう。十五分間隔でふき出る温泉を、今か今かと人はひしめいて待つ。修学旅行の団体、消防団の団体さんと一緒になった。しばし待つこと十分ばかり、やがて急行列車が走ってくるような音がして、湯のしぶきが天空たかくはね上った。二十メートルも昇ったろうか、湯気はもうもうと立って湯柱を包み、どうどうとたぎりおちる。

「ウワー」

と喚声が上って、団体さんは拍手するのである。なぜ拍手が出るのか分らないが、見ているうちに、手を叩きたくなるらしいのである。このほか、血の池地獄、などという聞くもおそろしい名前の池があったりする。

団体の亡者たちは、金を払って地獄を経(へ)めぐり、しかし、自分たちがいつかは地獄へゆかねばならぬ身とはつゆ思わぬさまで、嬉々として、中気よけの卵をくらい、竜巻地獄に拍手し、ワニの背中にコインを投げたりするのである。

地獄、というコトバ自体、こわい、おそろしい所、という語感を失いつつある。

日本人にはどうも、地獄感覚が薄いようである。そうして、極楽感覚ばかりが発達しているのであるらしく、いかにも一大事といわんばかりに、

「夕食におくれないように帰って下さい」

と団体さんの引率者がふれあるいていた。私たちも、夕食のたのしみの極楽へいそぐことにする。

ところで、別府の名物は、城下(しろした)がれいである。日出(ひじ)の城下海岸でとれるかれいは、海草も泥もたべないので（海水中に淡水が入りこむ所があるという）内臓がきれいでさしみにする。これをたべてみたら、極楽だった。ふぐさしのようにうすくきれいに並んでいた。

別府の名物はもう一つ、市内にある市営の竹瓦(たけがわら)温泉であろう。砂湯で、ここの古めかしい、大きな木造のたてものへ入って、百五十円払うと、あたたかい砂の中へ活き埋めにし

てもらえる。

黒い砂の、湯気の立ったやつを、湯女（ゆな）ならぬ砂婆が、スコップでたんねんに、親切にかけてくれる。ポツポツと汗がふき出、体のこりがほぐれて気持よい。これは活き埋めとはいえ、地獄ならぬ極楽の方であろう。外人さんもよくみえますよ、といっていた。

あくる日は、船に乗ってかえることにする。私は、新婚旅行にいきそびれ、船に乗りそびれたので、今になり試みるのだ。いたいた、新婚さんがいた、と中年はノミをさがすように、ロビーや展望甲板をのぞいては、かぞえていたが、私は、出船まもなくグロッキー、瀬戸内海へ入るまで、少しゆれる。

クスリをもらいにいったら、ボーイさんに、

「今から服（の）んでも一時間後しかきかへんし、そのころは、ピタリとゆれはおさまります」

といわれた。ほんとに松山の手前から船酔いはなおり、バーで食前酒、食堂で夕食が、なんなく胃袋におさまった。

別府を出るときは、まだ明るい夕方だったので、甲板に出てみたら、カモメが十数羽、いつまでも追ってきた。そうして、船からはもう、地獄の立ちのぼる湯気は見えないのである。

温泉だらけ

村上春樹

アイスランドでは全土に温泉が出る。ほんとに温泉の湯気を国旗のマークにしてもいいんじゃないかと思えるくらい、温泉が多い。車で走っていると、ほかほかと白い湯気のたっている小川をよくみかけた。温泉が自然に湧き出て、それがそのまま川に混じって流されていくのだ。僕ら日本人の目から見れば、「ああ、もったいないな、せっかくの温泉なのに」ということになるのだが、なにしろアイスランドではそこらじゅう温泉だらけなので、とくに誰も気にしない。車をとめて、その川の水に手を浸してみると、びっくりするくらい熱かった。ほんとは服を脱いでちょっと一服したいんだけど、道路脇でそんなことをやっているわけにもいかないし。

アイスランドの人々は、その温泉を利用して地熱発電をおこなっているし、冬場の給湯暖房にも利用している。温室栽培にも使っている。温度がものすごく熱いので（100度に達しているものもある）、パイプラインをつかって50キロも遠くにある都市まで運んでも、それほど温度が下がらない。道路沿いにちょくちょくそういうパイプラインを見かけた。おかげで、どんな貧しげなホテルに泊まっても、部屋はぽかぽかと温かかったし、シャワーからはふんだんに熱い湯が出てきた。これはとてもありがたいことだった。また地熱発電をやっているおかげで、アイスランドはきわめてクリーンで安価なエネルギーを獲得している。自分たちだけでは使い切れなくて、電力の輸出まで考えているくらいである。

それから、温泉の湯を利用した温室栽培のおかげで、トマトやきゅうりがかなり豊富に出回っている。本来なら野菜なんてとても作れない寒冷地だけに、そういう面でも、この温泉は大いに人々の役に立っている。僕は食べなかったけど、アイスランド産のバナナもなかなかいけるということだった。それからアイスランドではちょっとした町なら（あるいはぜんぜんちょっとした町じゃなくても）、大きな温水プールが完備している。これももちろん温泉を利用したものだ。僕は泳ぐのが大好きなので、これはありがたい。良いことづくめである。

でももちろん悪い側面もあって、火山の噴火と地震が多い。日本と同じだ。温泉のあるところ、どうしても火山の噴火と地震がつきまとう。「日本とは違って、人口すかすかの国だから、それほどの実害もなくていいんだけどね」とアイスランドの人は言うけれど、でもときにはやはり、それらは人々に甚大な被害をもたらすこともある。前に書いたパフィンで有名なヘイマエイ島も、１９７３年に激しい火山の噴火にみまわれた。港のすぐそばにあるエルドフェル山が突然噴火を始め、町の多くの部分が溶岩に押しつぶされてしまったのだ。このとき流出した溶岩は3平方キロメートルの新しい大地を作り上げ、それは今ではハイキングコースになっている。ときおり溶岩の下に、下敷きになった家屋の断片が見える。アイスランドの人と話していると、「三宅島の方は本当にお気の毒ですね」と言われた。たぶん三宅島の人々の身の上が、遠く離れていても、切実に感じられるのだろう。火山国には火山国の、共通したメンタリティーみたいなものがあるような気がする。

温泉としていちばん有名なのは、レイキャビクから車で一時間弱の距離にある「ブルー・ラグーン」で、ここは本当に、冗談抜きででかい。小さな湖くらいの広さのある温泉に水着を着て入るのだけれど、まったく見渡すかぎりの温泉である。アイスランドのクリアな空の下、淡青色の「湖面」からほかほかと愉しげに湯気が立っている。この温泉は実は、となりの地熱発電所が排出する「排水」である。海水が溶岩の下に潜り込んで熱せられ、それを利用して発電をしているのだが、その使用済み海水が「そのまま捨てちゃうのももったいないね」ということで、温泉として再利用されているわけだ。細かいことはよくわからないけど、熱い湯の中にあったいろんな有機物が、冷えた外気にさらされることでぐずぐずとした有機物になり、独特のどろりとした湯を作り出す。温度は摂氏37度、塩分は2・5パーセント、なかなか気持ちのいいお湯だ。含有物は美容に良いということで、売店では特製の化粧品なんかも売っている。泳ぐこともできる。クロールで真剣に泳ぐにはいささか温かすぎるが、平泳ぎで顔を上げてのんびり泳ぐぶんには具合がいい。スケールの大きな温泉の滝もあって、あたまからびしびしと温泉に打たれることもできる。修行で「滝に打たれる」というのはあるけれど、「温泉に打たれる」という話はあまり聞いたことがない。でも実際にやってみると、温かくてなかなか気持ちの良いものです。あまり修行にはなりそうもないけれど。

問題は温泉に入っている人が多いこと。僕が行ったときには、ブルー・ラグーンは韓国から来た団体客でいっぱいだった。まわりから聞こえてくる声は、ほとんどが韓国語だった。みんな温泉につかって、すごく楽しそうだった。ひょっとして、韓国には温泉ってないんだろうか？　という気がするくらいのはしゃぎ方だった。それから入場料もけっこう高い。所詮は「工場排水」なんだから、もっと安くてもいいだろうと思うのだけれど、既に世界的な観光名所になっていて、レイキャビクから団体バスで人々がどんどん運ばれてくるので、経営もけっこう強気である。僕としてはもっと素朴な「道ばた温泉」の方が気に入っているんだけど、それでもやはり、これだけだだっ広い温泉を現実に目の前にすると、言葉を失ってしまうところはある。話の種に、一度訪れてみるにはいいところだ。しかし、ほんとに広いなあ。

温泉で泳いだ話

池波正太郎

六十をこえた現在の私は、温泉というものに、興味をうしなってしまった。

たまさかに、仕事か何かで温泉旅館へ泊ることがあって、私より若い同行者が手ぬぐいを頭にのせ、

「ああ、温泉はいいですねえ。うーむ。たまらないなあ」

などといいながら、一時間も入っているのを見ると、あきれて言葉もない。

年をとって気が短くなった所為か、温泉につかって長い時間をすごすのは苦痛である。

日本人は、江戸時代のむかしから入浴好きで、当時のヨーロッパ諸国にくらべても、ずっと清潔な生活をしていたのだ。

日本はまた、世界一の温泉国であって、私も少年のころから、温泉にひたる機会は数え切れぬほどあったが、東京の下町住居となると自家に浴室はない。銭湯である。その銭湯の熱い湯へ入って「う、うう……」と唸りながら、一分間ほどつかり、浴槽を出ると躰中

が真赤になっている。そういう入浴が好みになってしまったのは、ぜひもないことだろう。

こんな私だが、それでも若いころは、温泉がきらいではなかった。それも、熱海のような大温泉街の温泉ではなく、山の中に一軒しかない「湯の宿」を好んだ。

それというのも、来るべき「兵役」にそなえ、できるかぎり自分の躰を鍛えておこうというので、暇を見つけては諸方の山々を歩きまわっていたからだ。

ことに当時の私は、心身ともに、あまり健康的な生活をしていなかったので、必ず「兵役」にとられることがわかっている以上、躰を鍛えておかぬと、ひどい目にあうのは自分なのだから、山歩きのほかに剣道も少しはやった。

ところで、私が大好きな、故田中冬二の詩の中に、上越国境のH温泉をうたったものが、いくつかある。

山の向うは越後である。
この山の湯に、味噌も醬油も魚も
越後から来るのである。

空が水のように白くみえ、座敷座敷には赤いへりとりの紙笠を着たランプがともる。

と、うたい出る冬二の詩は、若い私を魅了させずにはおかなかった。

そして、谷川の水を引き入れた生簀の中で、はねる鯉。まさにH温泉は田中冬二の詩そのもので、私は仲のよい友だちと、また独りきりで、何度も、この温泉へ行ったものだ。

H温泉の浴舎は、木造の古風なもので、大きな浴槽が男女合わせて六つ、ならんでいた。浴槽の底には石が敷きつめてあり、石の間から、ぶくぶくと清冽そのものの温泉がわきあがって来る。

ここの温泉はぬるい。ぬるいからこそ、長時間をすごすことができる。いよいよ私が海軍へ入ることがきまって、召集の日もせまった秋になって、私は独りでH温泉へ出かけ、客もいない、ひろびろとした浴舎へ入り、二時間も三時間もすごした。私は泳げなかったのだ。泳げない男が海軍へとられるのだから、せめて潜ることだけでも練習しなくてはとおもったのだろう。当時はホテルにプールもなかったし、スイミング・クラブなどという便利なものもなかった。

H温泉では、夜が更けると、火の番が拍子木を打ってまわった。深い谷底の湯の宿の重い蒲団に寝て、この拍子木の音を聴く気分は何ともいえぬものだった。

さて……。

戦後のH温泉は、まったく変貌してしまった。日本の他の山の湯と同じように……。

国境の峠から、列車の駅までは立派な自動車道路が通り、もはや、「味噌も醤油も魚も越後から来る」と、冬二がうたった国境の旅情も消えた。ともかくも、現代日本は交通の発達によって、狭(せま)い上にも狭くなってしまった。

むかし、私たちはバスの終点から二時間も歩き、冬は馬橇(ばそり)だった。

いまも、ここの温泉だけは、むかしと変らずにこんこんとしてふき出しているが、いまどきランプだけの照明や、火の番の拍子木といっても、時代おくれになってしまったのか……。

東京に生まれ育った私のような者には、先ず、環境あっての温泉である。

旅情あっての温泉である。

航空機や新幹線で「あっ……」という間に温泉地へ着き、東京と同じような建築の旅館へ入り、そこの温泉にひたったところで、私は、おもしろくもなんともない。

ただし、いつの世にも例外はある。

むかしの温泉を偲(しの)ばせる温泉も、数少いが、まだ残っているにちがいない。

女の温泉

田山花袋

一

女に取っての温泉場——関東では伊香保（いかほ）が一番好いというのは、昔からの定論であるらしかった。果してそういう風にあの湯が効目（ききめ）があるか何（ど）うか。それは知らないけれども、細君同伴で一まわりも湯治（とうじ）して来れば、屹度（きっと）子供が出来るなどと言ったものであった。兎に角あそこは女に取って好い温泉場であるに相違なかった。第一、行くのに便利であった。上野から足、地（つち）を踏まずに行く事が出来た。それに、山も大して深くはなかった。女が馴れ親しむのには丁度好かった。

散歩区域としても、物聞山（ものききやま）があった。湯元（ゆもと）があった。更に遠く榛名湖（はるなこ）があった。夫婦お揃いで可愛い子供を伴（つ）れて駕籠（かご）か何かで路草を食いながら、春ののどかな日影に照されつつ、あのスロオプをのぼって行くさまは、ちょっと絵のような感じをあたりに与えた。駕籠の中の細君は、道々採った蕨（わらび）をハンケチに巻いて持っていて、駕籠が休む度に、そこから下りて、あたりの草原の中を頻りに探しなどした。『そうですね。あそこの蕨はちょっと面白いですね。私、榛名に往く途中に手に持てないほど採りましたからね。そう五月の初でしたね。あの時分はあそこは何とも言えませんね。のんきで、暖かで、のんびりして、本当に温泉場に来たような気がしました』こう私の知っている細君は云った。

あの明るい五月の新緑！　何も彼も新しく生き返った様なあの日の光！　それに林の中に透き通る様な駒鳥の高い囀！　実際、春の温泉場としては、あそこに越すところはない様な気がした。否そればかりではなかった。秋の初茸狩がまた面白かった。それはあの電車の伊香保に着こうとするあたりの左側の松山に多く出るのであるが、春の蕨狩りに比して、決して劣らないだけの興味があった。女でも子供でも時の間にかごに一杯になるほど、初茸を採って帰って来ることが出来た。

それにあの眺望――闊々としたあの谷と山との眺め、雲の眺め、赤城山の大きな姿を前にした形は、家庭の煩瑣にのみ精神を疲らせられた細君達に取って、どれほど生き返った心持を漲らせる対象となるか知れなかった。

二

塩原も女に取っては、好い温泉場であるに相違なかった。そこも矢張春が好かった。新緑の頃が好かった。明るい日の光線が長く谷の中にさし込んで、渓流が丸で金属か何かのように美しく砕けた。ことに忘れられないのは、門前の手前から一支流に遡って、あの塩の湯に行くあたりであった。あそこらはいかにも名所図会の挿画にでもありそうな風景で、渓は渓を孕み、谷は谷に連り、浴舎は浴舎に接するという風であった。あの塩の湯の谷合に湯が湧き出して、そこに大勢男女が混浴しているさまなども、明るい日影の下で見るとそのまま面白い絵になりそうに思われた。

塩の湯の旅舎のあるところから、裏道をちょっと向うに出て来ると、丸で別天地とも思われるような山村が開けた。そこには桃や桜が一面に咲いていた。渓流の音があたりに反響するようにきこえた。かと思うと、ところどころに野碓(ばったり)がかかっていて、水が満ちて来る度に、そこに人でもいるかと思うように、ばったりと音を立てた。『こんなところに住んでいたら、世間も何もありやしないね！ のんきで好いね』こう言いながら、私は妻と共に小太郎淵の方へと歩いて行ったことを思い起した。

『箱根と塩原と、どっちが好いでしょう？』

こんな質問に私はよく出会(でっくわ)すが、それにはいつも返答に困るが、渓流としては無論塩原の方が好く、温泉としては無論箱根の方が好いと言うような抽象的なことを私は常に言った。電車が出来てから、箱根は却って奥の方が好くなった。湯元や塔の沢よりも、強羅(ごうら)、仙石、小湧谷の方が好くなった。

それに、女性に取っては、温泉の泉質なども問題にならないわけには行かなかった。いくら好い温泉でも、酸性泉や硫黄泉では女には強過ぎた。従って草津や那須の湯は、都会の女達にちょっと向きそうには思われなかった。箱根でも、蘆の湯などは女には駄目であった。

炭酸泉、アルカリ泉、単純泉——そういうものでなければ女には向かなかった。従って塩原では福渡戸、塩の湯あたりが好かった。

三

伊豆では修善寺、そこは何と言っても好い温泉場であった。胃腸に効能があるばかりでなく、あたりのさまがいかにも静かで、すっかり心を落附かせることが出来た。但し冬は他の伊豆の温泉に比してそう暖かであるとは言えなかった。暖かいのが希望ならば、此処よりも長岡の湯の方が好かった。

長岡は近年非常に流行し出した。冬は停車場から温泉のあるところまで、常に客が絶えないというくらいであった。丘陵の中の猫の額のような狭いところではあるけれども——またその湯の量も多いというわけには行かないけれども、居ごこちはそう大してわるくなかった。海が近いので魚なども新かった。

伊豆の此方側では、熱海が一番好いわけでなくてはならぬのであろうけども、どうもそこは評判が余り好くなかった。滞在費なども旅舎に由ての差違もあるであろうけれども、伊東あたりに比べて非常に高いらしかった。何うしても三分の一は高いらしかった。それに、あそこの間歇泉は塩類泉なので、いやに執着こいようなところがあった。肌への当り具合もわるく刺戟性に富んでいた。

伊豆山、それから湯河原、ここらあたりもあまり居ごこちが好いとは言えなかったけれども、冬は暖かで静かで落附いているので好かった。湯河原は女の温泉としては、やや強すぎるような感じがした。

しかし何と言っても、東京附近では、伊豆相模の温泉に出かけて行くより他為他がなかった。山は寒かった。伊香保なども冬はとても落附いて女の行っていることの出来る温泉ではなかった。

女性でも伊豆の湯ヶ島あたりまでは、入って行くことが出来るであろうけれども、あれから天城を越して、その向うにある温泉――湯ヶ野、谷津、蓮台寺、加茂あたりまで出かけて行くことは難かしかった。沼津から海をわたって、土肥の穴の湯に行くのも大変であった。

四

夏になると、何うしても山の涼しいところへと、人々の足は向いて行った。しかし、山と言っても、非常に涼しい、夏も至らないというようなところは、余程深く入って行かなければならなかった。少くとも千米以上の山地に入って行かなければならなかった。しかしそれは日本の女にはちょっと出来かねた。日本アルプスの上高地や、白骨や、中房あたりに行っていれば、山も深いし、夏も至らないし、それこそ理想的の避暑地であるけれども、とても女はそこまで入って行く事は出来なかった。

日本の避暑地では、今では日光、軽井沢、富士見、赤倉、野尻などを推しているが、温泉のあるところとしては、何うしても赤倉を先ず第一指に屈しなければならなかった。そこは夏の温泉として、あんな好いところがあるかと思われるくらい好いところであった。眺望の好い点から言っても、伊香保などはとてもその足元にも追附かなかった。

温泉があって、それで眺望の好いところは、此処と陸前の青根と、下野の那須と、この三つだと私は思って居るのだが、その中でもこの赤倉は、殊に深く私の心を惹いた。そこからは北の海が見えた。米山の翠螺が見えた。晴れた日には、遠く佐渡の島影をも指す事が出来た。そしてそこの高原には、桔梗、われもこう、刈萱、松虫草などがさながら毛氈を布いたように美しく乱れ開いた。

五

北国の温泉では、山中と和倉とが一番多く人の口にのぼった。流石に昔からきこえているだけに、温泉としても特色に富んでいるし、めずらしい風俗も持っていた。蟋蟀橋あたりもちょっと景色が好い。しかし山中よりも和倉の方が、温泉場としてはすぐれていると私は思った。勿論、一方は海の温泉であり、一方はまあ山の温泉ではあるけれども――。

この他に、湖の温泉として片山津の温泉があり、更に越前に来て、蘆原の温泉があり、その向うに三国の古い港があったりしてちょっと行って見るのに面白いところであった。これ等はすべて汽車の線路近くにあるので、女でも何でも行って見ることが出来た。

越後では、先に言った赤倉温泉、それから頸城の山の中に松の山温泉というのがあって、これは女の病気によくきくということであるが、交通が不便なので、地方的にしか知られていなかったが、一昨年あたりから、頸城軌道が出来て、それが幹線の黒井から岐れて、かなりに奥深く入って行っているので、何でもその終点駅からは、松の山温泉までいくらもあるまいということであった。そこあたりにも、段々都会の女達が入って行くようになるであろうと思われた。その温泉あたりでは勿論食うものはないにはないけれども、非常に安く滞在していることが出来るという話であった。

新潟から先きへ行くと、瀬波という面白い温泉が村上町のすぐ近くにあった。そこは女達でもわけなく入って行ける様なところであった。日本にも他に、何処にそうした見事な噴出泉が見出されるであろうか。それは今から二十年ほど前に、石油を掘るつもりで、井戸を掘ったのであったが、そこから石油の代りにその噴出泉が、二十四五丈の高さに奔騰したのであるということであった。そして、そのために、そこが、その松山の中が、忽ち温泉町を形ちづくるに至ったのであるということであった。今でも松山の上にその噴泉の高くあがっているのが遠く停車場の方から見えた。

六

出雲大社に参詣する途中では、一番先きに例の近畿地方に有名な城の崎温泉があった。宝塚、有馬、道後などに模倣したものだが、却ってそれよりも見事な位であった。此処の湯は、女の病気にも非常に効目があるということであった。従って浴客が常に絶ゆることがなかった。それから伯耆に入って、東郷湖畔に東郷温泉があった。湖の温泉としては、日本でも屈指のものであった。旅舎の半は湖中に浮んでいて、室の三面を鏡の様な水光が取巻いた。ここでは鰻が名物であった。

この出雲大社参詣に比べて、更に面白いのは、大阪から瀬戸内海を航して、九州の別府まで行く、くれないい丸の航程であった。この汽船の上の甲板では、美しい海——ことに静かな、絵のような、島の沢山浮んでいる海の絵巻をひろげて行った。一枚々々ひろげて行った。その中には屋島もあれば、小豆島もあり、来島の瀬戸もあった。ちょっと上陸すれば、金比羅の長い長い石段もあった。そして例の高浜からは、日本で一番昔からきこえているあの道後の温泉へも行けた。そこは位置としてはそう好いところではなかったけれども、また湯の量もそう大して多くはなかったけれども、しかも、その感じはいかにも古く、湯そのものにも年代がついていて、肌への当りも至極やわらかであるのを感じた。それに、このあたりは、冬暖かに、春の来ることも早く、三月には、最早畠に菜の花などが咲いた。鮒屋という旅舎の古風なのも、あたりの感じに伴っていて好かった。

ここで一夜泊って、翌日再び汽船に乗る。この航路には、他にも沢山汽船の往復があって、何の船にでもわけなく乗って行く事が出来、又半日ほどかかって、その日の午後の四時すぎには、乗客達は九州の山の姿を、はっきりとその前に見出すことが出来た。

七

別府は日本では最も女性に適した温泉場であった。そこには、いろいろ温泉があった。

温まる湯もあれば冷える湯もあった。蒸湯もあれば砂風呂もあった。それに、町としてもわるくきまり切った温泉場でなしに、一方漁市らしいところもあって、同時に地方の一中心を成している町らしいところもあった。それに、その周囲に見るところが多かった。大分に行っても半日は楽に遊べた。浜脇に行っても、二日や三日は倦まずに滞在していることが出来た。観海寺から八幡地獄の方へ行って見ても好いし、金輪から亀川の方へ行って見ても好かった。更に半日を費せば、宇佐八幡にお詣りすることも出来た。耶馬渓の谷深く入って行くことも出来た。

これで大分から犬飼へ行っている汽車が熊本の方から来ている汽車に連絡するようになれば、阿蘇の方まで入って行くにも、そう大しておっくうではなかった。女でも何でも楽に入って行くことが出来た。そうすれば、世界にもめずらしいと言われているあの阿蘇の噴烟も、あの宮地にある阿蘇神社も、その火口瀬である数鹿留の瀑も、戸下温泉も、栃木温泉も、皆なその行程の中に入って行った。否、更に熊本から海をわたって、島原半島の小浜、雲仙岳あたりの温泉あたりまで行くことが出来るようになるに相違なかった。

八

女の人達に取っては、しかしそうした旅行は容易に望むことは出来なかった。思い立ちさえすれば――馴れさえすれば、別に面倒なことも何でもないのであったけれども、しかし、そうした旅行よりも、ある温泉の一室に落附いて、のんきに一週間なり十日なりを過す方が楽みでもあり、その心持にも適しているらしかった。家庭の煩瑣な刺戟――時にはそのために、根も性も尽き果ててしまうような焦燥(いらいら)した心持から、兎にも角にも自然の静かな懐の中に入って行くということは、女の人達に取っても、何とも言われない慰藉(いしゃ)であるに相違なかった。否、時にはそれとは丸で違って、楽しい新婚の二人づれの山駕籠などもあるかも知れなかったけれども、しかもそうした楽みは、時の間に過ぎ去ってしまい易かった。また時には、全く老い去った女が、さびしくひとり山の湯に浸っていることなどもあった。何は兎もあれ、女達のためには、伊香保、塩原、別府などが最も適した温泉ではなかろうかと私には思われた。

著者略歴

湯のつかり方『ひとり旅は楽し』中公新書より
池内紀　いけうちおさむ　一九四〇年、兵庫生まれ。ドイツ文学者、エッセイスト。『海山のあいだ』で講談社エッセイ賞、『恩地孝四郎 一つの伝記』で読売文学賞評論・伝記賞受賞。その他おもな著作に『カフカの生涯』など。

カムイワッカ湯の滝『いつか行きたい日本列島天然純朴の温泉』講談社より
嵐山光三郎　あらしやまこうざぶろう　一九四二年、東京生まれ。編集者、小説家、エッセイスト。『素人庖丁記』で講談社エッセイ賞、『悪党芭蕉』で泉鏡花文学賞、読売文学賞受賞。その他おもな著作に『文人悪食』『現代語訳徒然草』など。

ぬる川の宿『吉川英治全集47 草思堂随筆』講談社より
吉川英治　よしかわえいじ　一八九二年、神奈川生まれ。小説家。『新・平家物語』で菊池寛賞、朝日文化賞受賞。その他おもな著作に『鳴門秘帖』『宮本武蔵』『三国志』など。一九六二年没。

湯船のなかの布袋さん『種村季弘のネオ・ラビリントス7 温泉徘徊記』ゲスト・エッセイ　河出書房新社より
四谷シモン　よつやしもん　一九四四年、東京生まれ。人形作家、人形学校エコール・ド・シモン主宰。おもな作品集・著作に『四谷シモン人形愛』『人形作家』など。

花巻温泉『高村光太郎全集 第十巻』筑摩書房より
高村光太郎　たかむらこうたろう　一八八三年、東京生まれ。彫刻家、画家、詩人。おもな著作に『道程』『智恵子抄』『典型』など。一九五六年没。

記憶『しあわせのねだん』新潮文庫より
角田光代　かくたみつよ　一九六七年、神奈川生まれ。小説家。『まどろむ夜のＵＦＯ』で野間文芸新人賞、『空中庭園』で婦人公論文芸賞、『対岸の彼女』で直木賞、『八日目の蝉』で中央公論文芸賞受賞。その他おもな著作に『かなたの子』など。

川の温泉『魚が見た夢』新潮文庫より
柳美里　ゆうみり　一九六八年、茨城生まれ。『魚の祭』で岸田國士戯曲賞、『フルハウス』で泉鏡花文学賞、野間文芸新人賞、『家族シネマ』で芥川賞受賞。その他おもな著作に『8月の果て』『ＪＲ上野駅公園口』など。

美しき旅について『室生犀星全集 第一巻』新潮社より
室生犀星　むろおさいせい　一八八九年、石川生まれ。詩人、小説家。『杏っ子』で読売文学賞、『我が愛する詩人の伝記』で毎日出版文化賞、『かげろふの日記遺文』で野間文芸賞受賞。その他おもな著作に『あにいもうと』など。一九六二年没。

草津温泉『温泉主義』新潮社より
横尾忠則　よこおただのり　一九三六年、兵庫生まれ。美術家。ニューヨーク近代美術館をはじめ個展多数。朝日賞、高松宮殿下記念世界文化賞。『ぶるうらんど』で泉鏡花文学賞、『言葉を離れる』で講談社エッセイ賞受賞。その他おもな著作に『横尾忠則自伝「私」という物語 1960～1984』『全Y字路』など。

伊香保のろ天風呂 『日本ぶらりぶらり』ちくま文庫より

山下清　やましたきよし　一九二二年、東京生まれ。画家。「山下清展」など個展多数。おもな著作に『ヨーロッパぶらりぶらり』『山下清作品集』など。一九七一年没。

上諏訪・飯田 『ちょっとそこまで』講談社文庫より

川本三郎　かわもとさぶろう　一九四四年、東京生まれ。評論家、エッセイスト。『荷風と東京「断腸亭日乗」私註』で読売文学賞、『林芙美子の昭和』で毎日出版文化賞受賞。その他おもな著作に『マイ・バック・ページ　ある60年代の物語』『大正幻影』『いまも、君を想う』など。

村の温泉 『平林たい子全集12』潮出版社より

平林たい子　ひらばやしたいこ　一九〇五年、長野生まれ。小説家。『かういふ女』で女流文学者賞、『秘密』で女流文学賞受賞。その他おもな著作に『林芙美子』『宮本百合子』など。一九七二年没。

渋温泉の秋 『芸術は生動す』国文社より

小川未明　おがわみめい　一八八二年、新潟生まれ。児童文学者。おもな作品に『赤い蠟燭と人魚』『月夜と眼鏡』『野薔薇』など。一九六一年没。

増富温泉場 『井伏鱒二全集 第九巻』筑摩書房より

井伏鱒二　いぶせますじ　一八九八年、広島生まれ。小説家。『ジョン萬次郎漂流記』で直木賞、『黒い雨』で野間文芸賞、『早稲田の森』で読売文学賞随筆・紀行賞受賞。その他おもな著作に『山椒魚』『本日休診』など。一九九三年没。

美少女 『太宰治全集3』ちくま文庫より

太宰治　だざいおさむ　一九〇九年、青森生まれ。小説家。おもな著作に『ヴィヨンの妻』『斜陽』『人間失格』など。一九四八年没。

浅草観音温泉 『武田百合子全作品6』中央公論社より

武田百合子　たけだゆりこ　一九二五年、神奈川生まれ。随筆家。作家・武田泰淳の妻。おもな著作に『富士日記』『犬が星見た―ロシア旅行』『日日雑記』など。一九九三年没。

温泉雑記（抄）『岡本綺堂随筆集』岩波文庫より

岡本綺堂　おかもときどう　一八七二年、東京生まれ。小説家、劇作家。おもな著作に『半七捕物帳』、戯曲「番町皿屋敷」など。一九三九年没。

硫黄泉 『温泉博物誌』朝日新聞社より

斎藤茂太　さいとうしげた　一九一六年、東京生まれ。精神科医、随筆家。おもな著作に『精神科の待合室』『モタさんの〝言葉〟』など。二〇〇六年没。

丹沢の鉱泉 『つげ義春の温泉』ちくま文庫より

つげ義春　つげよしはる　一九三七年、東京生まれ。漫画家。『つげ義春 夢と旅の世界』で日本漫画家協会賞大賞受賞。その他おもな著作に『紅い花』『ねじ式』『無能の人』など。

熱海秘湯群漫遊記 『種村季弘のネオ・ラビリントス7 温泉徘徊記』河出書房新社より

種村季弘　たねむらすえひろ　一九三三年、東京生まれ。ドイツ文学者、評論家。おもな著作に『怪物のユートピア』『ザッヘル＝マゾッホの世界』『種村季弘のラビリントス』など。二〇〇四年没。

湯ケ島温泉 『川端康成全集 第二十六巻』新潮社より

川端康成　かわばたやすなり　一八九九年、大阪生まれ。小説家、文芸評論家。『千羽鶴』

で芸術院賞、『眠れる美女』で毎日出版文化賞受賞。その他おもな著作に『伊豆の踊子』『禽獣』『古都』など。一九六八年、ノーベル文学賞受賞。一九七二年没。

温浴『坂口安吾全集9』筑摩書房より
坂口安吾　さかぐちあんご　一九〇六年、新潟生まれ。評論家、小説家。おもな著作に『風博士』『堕落論』『白痴』など。一九五五年没。

温泉『北杜夫全集14 月と10セント』新潮社より
北杜夫　きたもりお　一九二七年、東京生まれ。小説家、医学博士。『夜と霧の隅で』で芥川賞、『楡家の人びと』で毎日出版文化賞受賞。その他おもな著作に『どくとるマンボウ航海記』『さびしい王様』など。二〇一一年没。

母と『荒呼吸5』講談社より
松本英子　まつもとえいこ　一九六九年、千葉生まれ。漫画家。おもな著作に『ウチのハナちゃん』『荒呼吸』『謎のあの店』『局地的王道食』など。

濃き闇の空間に湧く「再生の湯」『アラマタ版妖しの秘湯案内』小学館より
荒俣宏　あらまたひろし　一九四七年、東京生まれ。博物学者、神秘学者、小説家。『帝都物語』で日本SF大賞受賞。その他おもな著作に『世界大博物図鑑』『帝都幻談』など。

春の温泉『岡本かの子全集 第十三巻』冬樹社より
岡本かの子　おかもとかのこ　一八八九年、東京生まれ。小説家。おもな著作に『鶴は病みき』『老妓抄』など。一九三九年没。

ふるさと城崎温泉『温泉百話 西の旅』ちくま文庫より
植村直己　うえむらなおみ　一九四一年、兵庫生まれ。冒険家。世界初五大陸最高峰登頂成功、単独北極点到達、世界初マッキンリー冬季単独登頂などを達成。おもな著作に『青春を山に賭けて』など。一九八四年没。

奥津温泉雪見酒『温泉百話 西の旅』ちくま文庫より
田村隆一　たむらりゅういち　一九二三年、東京生まれ。詩人。『言葉のない世界』で高村光太郎賞、『奴隷の歓び』で読売文学賞、『ハミングバード』で現代詩人賞受賞。その他おもな詩集に『四千の日と夜』『帰ってきた旅人』など。一九九八年没。

別府の地獄めぐり『続 言うたらなんやけど』角川文庫より
田辺聖子　たなべせいこ　一九二八年、大阪生まれ。小説家。『感傷旅行』で芥川賞、『ひねくれ一茶』で吉川英治文学賞、『道頓堀の雨に別れて以来なり―川柳作家岸本水府とその時代』で泉鏡花文学賞、読売文学賞受賞。その他おもな著作に『姥ざかり』『ジョゼと虎と魚たち』など。

温泉だらけ『ラオスにいったい何があるというんですか？紀行文集』文藝春秋より
村上春樹　むらかみはるき　一九四九年、京都生まれ。小説家、翻訳家。『風の歌を聴け』で群像新人文学賞、『世界の終りとハードボイルド・ワンダーランド』で谷崎潤一郎賞受賞。その他おもな著作に『ノルウェイの森』『海辺のカフカ』『1Q84』など。二〇〇六年、フランツ・カフカ賞、二〇〇九年、エルサレム賞受賞。

温泉で泳いだ話『新 私の歳月』講談社文庫より
池波正太郎　いけなみしょうたろう　一九二三年、東京生まれ。小説家、劇作家。『錯乱』で直木賞受賞。その他おもな著作に『鬼平犯科帳』『剣客商売』『仕掛人・藤枝梅安』『食卓の情景』など。一九九〇年没。

女の温泉『定本花袋全集 第二十七巻』臨川書店より
田山花袋　たやまかたい　一八七一年、群馬生まれ。小説家。おもな著作に『蒲団』『妻』『田舎教師』など。一九三〇年没。

ごきげん文藝

温泉天国

著者
嵐山光三郎、荒俣宏、池内紀、池波正太郎、井伏鱒二、植村直己、岡本かの子、岡本綺堂、小川未明、角田光代、川端康成、川本三郎、北杜夫、斎藤茂太、坂口安吾、高村光太郎、武田百合子、太宰治、田辺聖子、種村季弘、田村隆一、田山花袋、つげ義春、平林たい子、松本英子、村上春樹、室生犀星、山下清、柳美里、横尾忠則、吉川英治、四谷シモン

２０１７年12月20日　初版印刷
２０１７年12月30日　初版発行

編者　杉田淳子、武藤正人（go passion）
発行者　小野寺優
発行所　株式会社河出書房新社
〒１５１‐００５１
東京都渋谷区千駄ヶ谷２‐32‐２
０３‐３４０４‐１２０１［営業］
０３‐３４０４‐８６１１［編集］
http://www.kawade.co.jp/

印刷　中央精版印刷株式会社
製本　加藤製本株式会社

ISBN978-4-309-02642-8
Printed in Japan